读客悬疑文库

认准读客读悬疑,本本都是大师级。

清扫
逝者房间的人

[日]中山七里 著　百里 译

特殊
清掃人

文匯出版社

图书在版编目（CIP）数据

清扫逝者房间的人 /（日）中山七里著；百里译
. -- 上海：文汇出版社，2024.4
ISBN 978-7-5496-4193-2

Ⅰ. ①清… Ⅱ. ①中… ②百… Ⅲ. ①短篇小说－小说集－日本－现代 Ⅳ. ①I313.45

中国国家版本馆CIP数据核字(2024)第014813号

TOKUSHU SEISONIN by SHICHIRI Nakayama
Copyright © 2022 SHICHIRI Nakayama
All rights reserved.
Original Japanese edition published by Asahi Shimbun Publications Inc.

This Simplified Chinese language edition is published by arrangement with
Asahi Shimbun Publications Inc., Tokyo in care of Tuttle-Mori Agency, Inc., Tokyo

中文版权 © 2024 读客文化股份有限公司
经授权，读客文化股份有限公司拥有本书的中文（简体）版权
著作权合同登记号：09-2023-1117

清扫逝者房间的人

作　　者 ／ ［日］中山七里
译　　者 ／ 百　里

责任编辑 ／ 张　溟
执行编辑 ／ 唐　铭
特约编辑 ／ 张　齐　　　顾珍奇
封面设计 ／ 梁剑清

出版发行 ／ 文匯出版社
　　　　　　上海市威海路755号
　　　　　　（邮政编码 200041）

经　　销 ／ 全国新华书店
印刷装订 ／ 三河市龙大印装有限公司
版　　次 ／ 2024年4月第1版
印　　次 ／ 2024年4月第1次印刷
开　　本 ／ 880mm×1230mm　1/32
字　　数 ／ 140千字
印　　张 ／ 7

ISBN 978-7-5496-4193-2
定　　价 ／ 45.00元

侵权必究
装订质量问题，请致电010-87681002（免费更换，邮寄到付）

目 录

一 祈祷与诅咒 ………………… 001

二 腐蚀与还原 ………………… 053

三 绝望与希望 ………………… 103

四 正遗产与负遗产 …………… 161

一
祈祷与诅咒

祈りと呪い

1

《真垣总理突然缺席预算委员会,是旧病复发吗?》。

《"这个城市不需要同性恋酒吧!"日本严谨党党员在新宿歌舞伎町示威游行》。

《被誉为"独腿维纳斯"的运动员市之濑沙良将代表日本参加残奥会200米比赛》。

《本年度交通事故死亡人数比去年同比增加两成》。

今天的网络新闻依然充斥着煽情的标题,有利于自己工作的孤独死新闻却踪影难觅。

在各大新闻网站搜索时,秋广香澄面前的固定电话响了。

"喂,这里是终点清扫公司。"

"你好,我想请你们帮忙清扫房间。"

接到电话,秋广香澄心里咯噔了一下:啊,又来了。对方的语气含混不清,似乎想表达歉意,但又不想承担责任。来委托他们提供清扫服务的客户多半如此。

"房间有多大?"

"六张榻榻米[1]大小的单间。请问，清扫这么大的房间大概要花多少钱？"

"费用会根据现场的情况有所增减。房间里铺的是榻榻米吗？"

"铺的是地板。"

"地板清洁费三万日元起，如要更换地板，则会产生额外费用。除臭消毒费一万日元起。不过，我想还是先去现场看看再报价比较好。"

"如果只是清洁地板和消毒，四万日元就够了吧？"

"不，这个价格只适用于室内污染状况极其轻微，只需处理污染区域的情况。"

"……那就请来看看吧。我叫成富晶子。"

香澄在记事本上迅速记下房屋的地址和对方的联系方式，然后立即在白板上的日程表里写下该事项。

"有客户？"发问的是代表董事五百旗头亘。

"听口气，是想给四万日元就搞定。"

"嗯，实际上，只给最低费用就能搞定的情况很罕见。好吧，房屋在什么地方？"

"大田区的池上。"

"那我们出发吧。"

"如果只是报价的话，我一个人去就行了。"

---

[1] 六张榻榻米面积为9.72平方米。一张榻榻米的面积是1.62平方米。——译者注（本书脚注均为译者注）

"谁知道房间里乱七八糟地堆着什么啊！说不定有秋广小姐你应付不过来的东西呢。"

"我觉得大部分脏东西我都处理过了。"

"你还没处理过尸体吧？"

自己的确没有这方面的经验，香澄不再作声。

"到目前为止，需要处理尸体的情况我经历了三次。有个经验丰富的人在身边，万一发生什么也不至于不知所措。"

五百旗头不容分说就从软木板上取下公司用车的钥匙。香澄知道五百旗头是说一不二的性格，只好不情不愿地跟在他后面。

香澄之前就职的办公设备制造公司去年年底破产了。社长在公司倒闭前一天才将实情和盘托出，叫人猝不及防。雪上加霜的是，公司连退职金都无法全额支付。她拿到的退职金只够支付一个月的房租。虽然她有很多话想对那个把公司搞垮的社长说，但当务之急是挣钱。

香澄急忙开始了求职活动，可中途招聘[1]的岗位很少，即使偶尔碰上，也几乎都要求具备某种资格证书。有三家公司，香澄在简历筛选阶段就吃了闭门羹。还有两家公司，尽管香澄进入了面试，最后还是遭到断然拒绝。香澄找上门的第六家公司，就是五百旗头担任代表董事的终点清扫公司。招聘信息的行业栏中只写着"清扫

---

[1] 每年定期招聘以外进行的招聘。

业"，但基本工资和各种津贴都高得惊人。虽然严重怀疑这是一家黑公司，香澄却无法抗拒高薪的诱惑，决定先应聘试试。

面试官便是五百旗头。他身材矮小，看上去和蔼可亲，与其说是代表董事，不如说更像亲切友好的邻居。

"你是秋广香澄吧。欸，你的姓氏也像是名字呀！"

"我父亲的老家是鹿儿岛，那儿好像有很多人姓这个。"

"嗯，我们公司虽说从事的是清扫业，却属于'特殊清扫'这一类。你听说过吗？"

香澄是第一次听说这个词，便聆听了五百旗头的解释。所谓特殊清扫，指的是对垃圾屋、发现尸体的房间之类的事故房屋的清扫工作。近年来，随着孤独死案例的增加，对特殊清扫的需求也水涨船高，如今甚至发展成一个欣欣向荣的产业。终点清扫公司不仅承接房屋清扫工作，还提供死者祭奠、遗物整理、家具收购、房屋翻新与购买等服务。

事务所非常狭小，让人怀疑这家公司到底能否承担产业高速成长的重任。不过，看到放在房间角落的观叶植物，香澄改变了想法。

那些植物不仅已经枯萎，而且蒙上了一层薄薄的灰尘。作为可能有客人出入的事务所的装饰品，这些植物毫无可称赞之处。但长期从事办公室工作的香澄知道，观叶植物之所以遭到忽视，并不是因为在办公室工作的人太懒惰，而是因为他们太忙碌，无暇顾及装饰品和办公设备。

"我们做的基本上都是清扫工作，不需要资格证书。不过，习惯之后也需要相应的证书。对新员工来说，最需要的是谨慎和钝感力[1]。"

"我觉得谨慎和钝感力是完全相反的概念。"

"只要坚持从事这份工作，就能大体明白我说的是什么意思了。那么，秋广小姐，你对自己的钝感力有信心吗？"

这是香澄有生以来第一次被问到钝感力的问题，但事已至此，她可不能回答没有，于是挺起胸膛答道："我的钝感力不输给任何人！"

五百旗头闻言，突然笑了起来："你被录用了。不过，还有三个月试用期。"

尽管听了五百旗头做的简要说明，香澄对特殊清扫这一行依然缺乏真实的感受。不过，考虑到五百旗头的温和性情，当然最重要的是那份令人垂涎的高薪，香澄最终还是决定加入终点清扫公司。

然而，从第二天开始，她就立刻亲身体会到了特殊清扫工作的艰辛和独特。

目标房屋所在的大田区池上一带，有一些区域远离电车路线。为弥补这一不足，这里开通了公交线路。正因如此，整个镇子给人以安静祥和的印象。这里没有大型购物中心，但超市和药妆店鳞次

---

[1] "钝感力"一词源于日本作家渡边淳一的作品《钝感力》。按照渡边淳一自己的解释，"钝感力"可直译为"迟钝的力量"，指一种从容面对生活中的挫折和伤痛，坚定前进的能力。

栉比，还有游乐设施齐全的公园，生活上似乎没有任何不便。

"你知道没有大型商业设施意味着什么吗？"五百旗头握着厢型车的方向盘问道。

"再开发工程推进缓慢？"

"没有其他地方的人来买东西，走在街上的大多是本地人。因为周围都是熟人，所以不管是白天还是晚上，都很少有人大吵大叫。"

"多好的镇子啊，不是吗？"

"对大部分居民来说，这是个不错的镇子。不过，也有一些人反而因为这种环境感到窒息。"

成富晶子在清扫现场等候两人。房屋的名字叫"成富公寓"，是一座混凝土结构的两层建筑，看上去已经有二十年历史了。

"我是房东成富。"

那位客户像先前一样语气紧张，仿佛在掂量五百旗头一行到底值多少钱似的。虽然这种态度相当无礼，但由出租屋房东提出特殊清扫委托的情形并不多见，她产生这种混合了新奇感、歉意和受害者意识的情绪也在所难免。

"谢谢您委托敝公司提供服务。我是终点清扫公司的五百旗头，这位是敝公司员工秋广香澄。"轻车熟路的五百旗头露出完美无瑕的职业微笑，"请问您要清扫哪个房间？"

成富晶子指着公寓一楼最左边的房间，说："105号房间。他们说可以进去了。"

"是警察批准的吗？"

"你们是处理事故房屋的专业人士吧？既然如此，不用我多费口舌，你们大概也知道是怎么回事吧？"

"没错。不过，光看房子内部的话，有时是无法充分掌握污染状况的。比如，死者是不是有很多衣服，是自己做饭还是外出就餐，有没有养宠物，死因又是什么。因素不同，污染程度也会有差异，而且很难透过表面看出来。"

"这种差异会影响报价吗？"

"是的，会有很大影响。"

晶子环顾四周，把两人请进与公寓相邻的自己家里。"住在105号房间的是一个叫麻梨奈的女人。本来公寓是禁止养宠物的。她三十多岁，当初搬进来的时候好像在进口车经销店工作。"

"当初？那么最近情况变了？"

"以前她还会在每周固定的丢弃垃圾日把垃圾拿出来。但从两年前开始，我就很少在外面看到她了，也没见有垃圾丢出来。偶尔看到她，也都是工作日的中午，所以我想她说不定是换工作了。"

"有没有人来拜访过她，比如家人或朋友？"

"我不知道，至少我没有见过。"

五百旗头的话听上去似乎只是漫不经心地随口发问，但其实他的每个问题都各有侧重。工作场所的变更或者退职直接关系到生活时间的改变，家里的垃圾量自然也会改变。外出的机会越少，垃圾累积得就越多。再加上没有访客，堆满垃圾的生活情况便愈发难以改善了。

以上三点还会牵扯到更严重的情况。

"那么，死者是在什么状态下被发现的呢？"五百旗头接着问。

"详细情形我没听到……你是说尸检吗？尸检结果好像是判定为非刑事案件。"

"自杀？"

"据说是自然死亡。"

晶子强调死因是"自然死亡"，听上去有点不自然。这也难怪。根据日本国土交通省制定的《关于住宅用地房屋交易业者告知户内死亡情况的指导方针》，出租事故房屋时，房东应向租客告知房屋中是否曾经有人死亡，期限大致为死者死后三年。但如果告知租客实情，租金就会下降：若曾发生孤独死，租金会下降一成；自杀会下降三成；他杀会下降五成。身为房东，晶子坚持说死者是自然死亡，即孤独死，这也是理所当然的。

"警察离开后，您进过房间吗？"

"只进去过一次。但我的眼睛被恶臭刺得生疼，所以立刻关了门。"

不是鼻子疼，而是眼睛疼。不知是有意还是无意，晶子表达得非常准确。遗体长期无人发现的房间里往往充满了刺激性气体。

"有没有通风？"

"恶臭流到外面去的话，会影响街坊邻居。为了不让那个房间里有尸体的消息传开，房间一直关着。"

香澄心里嘀咕，这样做最难收拾了。不过，五百旗头还是一脸完美无瑕的职业微笑,继续说下去。

"我要到房里看看,这样才好报价。不过,根据您刚才的说法,四万日元的费用可能不够。请您做好心理准备。"

晶子一时有些胆怯。

五百旗头见状,委婉地进一步解释道:"一个人生活、死亡的痕迹,不是那么容易抹除的。"

大致说明情况后,五百旗头和香澄回到厢型车上,开始换上防护服。他们这套特卫强[1]防护服原本是进行放射性污染清理的装备,不知内情的人看到了也许会大惊小怪。但这绝非小题大做。弃置已久的厨余垃圾里究竟潜藏着什么细菌,这是无法预料的。聚集在垃圾里的苍蝇和老鼠是病毒的携带者,而体液是传染病的温床。必须保持高度警惕,绝不可掉以轻心。此外还要戴上防毒面具,才算完成了准备工作。

"可是,五百旗头先生,既然警察已经进去了,体液和有害物品应该都被清除了吧?"

"秋广小姐对警察抱有幻想啊!地方上是什么情况我不知道,反正警视厅[2]管辖范围内,到处都是堆积如山的案件。警察一旦做出'非刑事案件'的判断,就会立刻撒手不管。警视厅下辖的仓库也没有多余的空间来存放累赘的物品。说起来,死者本身就是个麻烦,警察一验完尸就会立刻将其还给遗属。你觉得这样的组织会热

---

1 特卫强,英语为 Tyvek,一种烯烃材料,抗拉和抗剪切力极强。
2 东京都警察本部。

心地帮你清扫垃圾吗？"

　　我或许对警察抱有幻想，但五百旗头先生您看待警察的眼光也太"清醒"了吧？这个想法从香澄的脑海一闪而过，但她没敢说出口。

　　"那我们走吧。"

　　五百旗头一只手拿着消毒液喷雾罐，走向发生事故的105号房间。香澄咽了一大口唾沫，跟在他后面。

　　站在房门前的那一瞬，香澄感到了一丝不安。刚进公司的时候，她对清扫现场的气氛全无感觉。但在多次清扫过事故房屋之后，她也能感知到事故房间散发的独特氛围了。

　　从105号房间的门背后似乎飘来居住者深深的悔恨。这是一种说不清、道不明的感觉，但香澄的大脑角落里已经拉响警报，提醒她不要靠近。

　　五百旗头用借来的钥匙打开门，说了声"打扰啦"，就进入了房间。

　　一团黑雾立刻向两人袭来。所谓黑雾，真身是一群聚集在垃圾上的苍蝇。香澄对此早已习以为常，所以并不惊讶。既然乍看上去状如黑雾，数量自然不止几十、几百。第一次见到这种铺天盖地、不计其数的苍蝇群时，香澄吓得腰都直不起来，但如今她只想让它们赶紧离开房间。

　　令香澄感到厌烦的，其实是房间里堆积如山的垃圾袋。

　　"不出所料。"五百旗头自言自语似的喃喃道，抬头看了眼垃圾山的顶端。多亏警察已经将尸体运走，才勉强形成了一条仅容一个成年人通过的窄道。香澄跟着五百旗头过去一看，两侧都是垃圾袋堆成的"墙壁"，只有天花板附近尚未塞满，那里是苍蝇的飞行空间。也许是垃圾山里的厨余垃圾发酵了，因此招来了苍蝇。有几个垃圾袋已经裂开，里面的东西像内脏一样溢了出来。

暴露的厨余垃圾是苍蝇的孵化场。垃圾表面冒出许多雪白的蛆虫，一齐奋力蠕动着。一直盯着看的话，就会让人忍不住尖叫，所以香澄假装没看见。地板上撒着灰末一样的黑色颗粒状物体，那是苍蝇的粪便。千万不要小看苍蝇的排泄物，这种排泄物里也潜藏着各种细菌，而且是恶臭的来源。如果苍蝇的食物只有厨余垃圾还好，问题是在事故房屋中，它们很多时候也会以遗体为食。所以，一点点吃掉死者的苍蝇，其粪便的气味与其说是恶臭，不如说更接近刺激性气体。

不一会儿，五百旗头和香澄便来到房间中央。

"这也在我的意料之中。"五百旗头俯视着地板，那里浮现出一个人形黑色斑块。斑块上覆盖着无数圆滚滚的肥蛆，黑色与乳白色形成鲜明的对比，看起来就像一幅恶俗的抽象画。

"死了差不多一个半月。"五百旗头冷静地评估道。如果尸体流出的体液渗透到地板下面，不仅要更换地板，还必须更换地板下的横木和地板支柱上的楞木。在报价阶段无法揭开地板，当然只能根据表层状况推测污染程度。

"好，我们先回去吧。"

收到五百旗头的指令，香澄小心翼翼地离开房间，以免碰塌垃圾袋墙壁。

回到厢型车上后，两人脱下防护服，抛进焚化箱。只要穿着进过污染区域，防护服就无法再使用。即使消毒也不一定能完全去除污染，所以虽然浪费，但也只能每次用过就丢。

五百旗头从冷藏箱里拿出两瓶冰镇运动饮料，扔给香澄一瓶。

"谢谢。"

"秋广小姐，你认为报价多少合适？"

"这取决于体液的渗透程度。我认为仅仅对地板做擦拭和消毒是不够的，还需要更换地板。压在垃圾袋下面的地板，也可能或多或少有些腐烂。"

"嗯。"

"清理所有垃圾至少需要两个人，再对空出来的房间做消毒、除臭，总共至少需要十万日元。"

"说得不错嘛。进公司才半年，了不起呀。"

听到表扬，香澄大受鼓舞。趁着这股劲头，她打开瓶盖，喝了几口运动饮料。因为穿过防护服而汗流浃背的身体里，冰凉的感觉顿时蔓延开来。

五百旗头又补充说："不过，也是因为你才进公司半年，还有许多地方考虑得不成熟呀。"

"……请您不要笼统说'许多'，请具体指出来吧。"香澄追问道。

"首先，虽说公寓禁止养宠物，但租客可能瞒着房东养。小到蜥蜴，大到室内犬，都有可能。如果主人死了，室内饲养的宠物十之八九也会死。尸体会腐烂，和饲主一样，变成一堆污染物和病原菌。其次，房客是个三十多岁的女人，以前是正经上班族。女员工除了工作服，当然还有几套便服。因为只有一个房间，所以衣柜肯定就掩藏在垃圾袋后面。很难想象，一个把垃圾袋随意弃置在生活空间里的家伙会将衣柜里的东西整理得井井有条。衣柜多半同房间一样惨不忍睹，甚至可能更加凄惨，对此我们要有心理准备。所以结论是：报价估计至少也需要二十万日元。"

"二十万日元？"从五百旗头那里听到报价后，晶子脸色一沉，但并未反驳，"这不是最初提出的预算的五倍吗？"

"我们有根有据，并非漫天要价。"

五百旗头一再解释，晶子的表情却愈发凝重。这表明她只是勉强接受了五百旗头的判断。

"您上网找同行业的其他公司来报价也没关系，但敝公司应该是最实惠的。"

"这个我知道。你们是我找的第四家来报价的公司了。"

"哦，原来如此。"五百旗头若无其事地笑了笑，但一旁听着的香澄却忍不住想咂嘴。比较各方报价本身无可厚非，但在此基础上提出四万日元的预算，就不是追求性价比的问题了，只能称为抠门到家了。

"二十万日元是最低金额吧？最高是多少？"

"请您考虑上限四十万日元。"

"四十万日元的根据是什么？"

"我们过去处理过的案例中，有几个类似的户型，这是其中最高的金额。此外，如果发现始料未及的情况，费用超过上限，我们可以再次磋商。"

"'人死亡的痕迹不是那么容易抹除的'，对吧？"晶子思考了片刻，然后点点头，"我明白了。请你们立刻着手吧。"

"那就从明天开始。"

"如果可以的话，请从今天开始。"

见晶子突然变得如此积极，五百旗头不由得好奇地打探起来："方便的话，能告诉我您为什么这么着急吗？"

"这不关你的事吧！"

"如果情况紧急，我们也可以优先处理您的委托。"

"没什么特别情况，作为房东，我想尽快将房间恢复原状也是理所当然的吧。算了，实话跟你们说吧，刚才你们报价的时候，我已经联系上关口小姐的母亲了。房间清扫费将由她支付。"

报价提高了也没有抗议，是因为不用她自己破费了吧。

"仔细想想，恢复房屋原状本来就是租客的义务嘛。既然本人不在了，家人当然要负责任。"晶子说。

"这样的话，出现问题或者需要支付费用的时候，我们直接同遗属交涉似乎更方便。"

"那位母亲名叫关口弥代荣。"晶子撕下身旁记事本的一页纸，递给五百旗头，"费用找那个人交涉就成，我只希望清扫早点结束。"

"我们必须和对方确认报价。正式清扫前还要做准备,再怎么着急也要明天才能开始。请您理解。"

尽管满脸堆笑,五百旗头口气却很强硬,晶子只得勉强同意。

"哦,那位母亲托我传个话。"

"给我们的吗?"

"说希望你们能把房间收拾好,要让她觉得'女儿是在干干净净的房间里过世的,就像睡着了一样'。作为房东,我可不想听到什么奇怪的谣言,所以我也有同这位母亲一样的要求。"

"一定照办。"

从成富公寓离开后,五百旗头摇了摇头,似乎在说这下麻烦了。

"不好意思,秋广小姐,你现在可以去池上警察局一趟吗?"

"是让我去打探消息吧?"

"关口麻梨奈小姐真的是自然死亡吗?如果是自然死亡,死因又是什么?我们必须逐一确认从房东那里获得的证词。"

"五百旗头先生不相信房东的话?"

"房东有房东的偏见,那种人只会说对自己有利的话。这一点秋广小姐应该也明白吧。"

香澄点点头。为了尽量减少开支而大肆砍价;坚持认为处理房间污染不是自己的管理责任;一心认定自己是受害者;向叫来的清扫业者提出无理要求——尽管香澄才工作半年,却已经见过很多自私的客户。

"我们必须全面检查房屋,因为污痕之下常常隐藏着其他的污痕。"

2

池上警察局的负责人是一位名叫田村晴菜的刑警。

"是特殊清扫公司'终点清扫'的人吗?你们负责收拾那个房间吧?"田村刑警用同情的眼神看着香澄。想必到过现场的人都有相同的感受。"您进过那个房间吗?"

"是的。因为看过之后才能报价。"

"很可怕吧?臭死了。"

"也没有。我们一开始就戴着防毒面具,穿着防护服,没有直接闻到气味。"

"专业人员果然做事周密呀!像我这种人,没有任何防护装备和心理准备,一进房间就备受冲击。"

"那样做太危险了。"

"我知道腐烂的尸体是传染病的温床,但能将自己从头到脚都防护起来投入工作的,只有解剖医生而已。"田村刑警伸手梳理着自然柔顺的短发,"真的很臭啊。只洗一次头是除不掉臭味的。搞得连自己的房间好像也染上了那种味道。"

"人的尸臭乃是臭中之王。"

一　祈祷与诅咒

"没错没错。"

田村刑警不停点头，似乎这句话说到了她的心坎上。香澄真切地感受到，虽然女性的就职范围越来越广，但闻惯了尸臭的女性依然寥寥无几。

她们感叹了尸臭多么难除，又抱怨了职场多么难混，不一会儿就成了老朋友一般。眼见双方已经开始有点同病相怜的意思，香澄便开始打探消息。

"听说警方判断关口麻梨奈是自然死亡。"

"尸体虽然已经腐烂，但还保持着原状，也没有发现任何外伤。我们也考虑过毒杀和其他可能性，但现场没有发现死者本人之外的毛发和鞋印。"

"那她的死因是什么呢？"

"在监察医院[1]解剖后，判断其死因是脑梗死。一个异常巨大的血栓堵塞了血管，这多半就是直接死因。一般来说，脑梗死是随动脉硬化的进展而逐渐发病的，但关口麻梨奈的情况似乎是心源性脑梗死，没有任何征兆就突然发病了。"

"她没有自己求救吗？"

"我听说心源性脑梗死会导致全身麻痹和意识障碍。她肯定都来不及伸手拿手机吧！"

"关口麻梨奈小姐才三十多岁吧？"

1　即东京都监察医院，对东京都内发生的所有非自然死亡者进行尸检及解剖的机构。

019

"准确地说是三十二岁零四个月。"

"我还以为脑梗死是老年人才得的病呢。"

"根据法医的说法，比起年龄因素，生活习惯对血管的影响更大，比如吸烟和饮酒。一旦过量，不论年龄大小，都容易形成血栓。"

香澄不吸烟，酒也只是在别人劝酒时才陪着喝两杯。看来自己跟血栓还扯不上关系，香澄正要松一口气，便听田村刑警毫不留情地继续说道："除了生活习惯，据说缺水导致的脱水症状也是形成血栓的常见原因。虽然现在才六月，但在湿度高的日子，我们会出很多汗。如果不充分补水，血液就会变得黏稠，血流也会阻滞。法医怀疑关口麻梨奈的脑梗死可能就是这个原因造成的。"

"有什么根据吗？"香澄问道。

"她躺在地板上，虽然床就在附近，但她应该还没来得及走到床边就倒下了。床周围和冰箱里都没有水。放在地板上的塑料瓶里全是本人的排泄物。室内虽然也安了空调，但因为垃圾袋堆积如山，空调无法正常使用。就算她是四月中旬死亡的，室外气温很高的日子也不少。在不开室内空调的情况下继续宅在家里，当然就会缺水。"

一般人若感到缺水，跑到附近便利店买瓶矿泉水，或者拧开水龙头直接喝就成了。但关口麻梨奈的情况有所不同。

"辞去进口车经销店的工作后，她似乎没有再找工作，一直待在房间里。从塞满浴室的空箱子看，她主要是用信用卡进行网购。存款账户的余额也大幅减少。这种事情，秋广小姐应该也听说过吧！"田村刑警继续说道。

"我听说，即使有通道可以前往玄关，一旦习惯了家里蹲，外出也是需要勇气的。"

"关口麻梨奈小姐就是这种情况吧。就算饮用水喝完了，也没有去便利店的行动力。水槽里堆满了没洗的餐具，何况垃圾袋还挡住了去路。只要睡觉就可以忘记口渴，入夜之后，室内湿度和温度也会下降。'明天再出门买东西算了。'如此拖延下，她的血管就出现堵塞，最终昏迷倒下。她就是这样死去的。"

田村刑警讲述着死者临终时的孤独状态，语气中不掺杂任何感情，这反倒令人心情沉重。香澄本身与麻梨奈年龄相近，感受便愈发强烈。

"关口小姐养过宠物吗？"

"没有发现相关迹象。鉴定人员采集到的毛发都是关口小姐本人的。"

"搜查的时候，警察将整个房间都看过一遍了吗？"

"我们曾经将垃圾袋全部从房间里搬出来，但没有发现什么异状，所以就放回去了。"

"我看了房屋户型图。房间北侧是'L'字形的'WIC'，也就是步入式衣柜。"

"她的衣柜我们也检查过了。不可思议的是，里面只有衣服，没有垃圾袋和塑料瓶之类的东西。对了，挂在衣架上的衣服里有几件是男装。"

"关口小姐是有半同居的对象吧？"

"不知道。不过，就像我刚才所说，没有采集到死者本人之外的毛发和鞋印。所以就算她曾经和谁交往过，也应该在她晕倒之前就分手了吧。"

"关口小姐的手机里没有留下与交往对象的通话记录吗？"

"好像全都删除了，找不到类似的东西。我们之所以判断他们已经分手，就是基于这个理由。"

"那部手机还在警察手里吗？"

"今天早上被死者母亲作为遗物领走了。"

这件事香澄还是第一次听说。不过，死者母亲今天确实联系房东成富晶子谈过房屋清扫的事，如此说来，时间倒是吻合。

田村刑警补充道："死者母亲说，她领回的遗体昨天在东京都火化了。还说她一两天就能整理好遗物。"

想要整理遗物，当然就得在房屋清扫前去死者房间。也许这就是这位母亲提出承担清扫费用的原因。

第二天，终点清扫公司的事务所里来了一位客人。

"我是关口麻梨奈的母亲弥代荣。"

昨天五百旗头联系了死者母亲，她今天就登门造访了。事务所里没有会客室那种气派的陈设，只能让她坐在空椅子上。

关口弥代荣身材高大，事务所的椅子太小，她坐着似乎不怎么舒服。

"我女儿麻梨奈的事给你们添麻烦了。"

"哪里哪里，没有这回事。这是我们的工作嘛，您不必在意。"五百旗头还是一如既往地和蔼可亲。

"我已经告诉房东，房屋清扫费由我支付。"

"您从房东那里听说我们的报价了吗？"

"是的。只要满足我提出的条件就没问题。"

"您想要我们把房间收拾好，让您觉得'女儿是在干干净净的房间里过世的，就像睡着了一样'，对吧？关口太太，您从警方那里了解到麻梨奈小姐过世时的状况了吧？"

"老实说，我想不通啊。"弥代荣低着头，看不清她的表情，"我们家在水户，麻梨奈高中毕业前一直和我们住在一起。"

"这次您丈夫没有一起来吗？"

"我丈夫在十四年前，也就是麻梨奈高中毕业那年去世了。麻梨奈考进了东京的大学，从那以后我就一个人住在水户的老家。"

"您一个人将女儿供到大学毕业，真是了不起。"

"我用丈夫的死亡保险金支付了她的学费。麻梨奈是我亲手养大的女儿，所以我希望她能念完大学。本来我想让她一直留在我身边直到结婚的，结果她在东京都找到了工作。"

弥代荣滔滔不绝地说开了，语气里充满遗憾与不甘。如果女儿住在老家的话，房间里就不会堆满垃圾，也不会因为脑梗死而猝死。

"我亲手养大的麻梨奈是一个踏实认真的好女孩。她的房间总是收拾得井井有条，穿着也是整洁得体。我从没见过她穿休闲运动服。她加入的那家经销店，老板也很喜欢她。她还说自己跟同事相处融洽。谁知……"

弥代荣突然说不下去，仿佛在强压住情感似的，沉默不语。

"……后来，不知何时她辞掉了工作，闭门不出，把自己的房间变成了垃圾屋。"

"她回家探亲的时候，完全没有提过这件事吗？"

"她上大学的时候打工太忙，休不了假，一次也没回过家。毕业工作后，也只是除夕[1]、元旦两天待在家里，没有机会跟我促膝聊天儿。"

"听警方说，她好像在同一个男人交往。"

"恋爱方面的事，她一个字也没跟我说过。这是真的吗？"

"不知道，我们也是从警察那里听说的。"

"我嘱咐过她，一有男朋友就要向我报告。肯定出问题了。嗯，绝对是这样。"

奇怪啊。

听他们说到一半，香澄就开始感觉不对劲，只是想不出到底是哪里不对劲。

五百旗头看起来没有丝毫怀疑，依然带着亲切的笑容继续谈话。

"关口太太很信任您女儿啊！"

"那还用说。麻梨奈的事我全都知道，因为那孩子什么都跟我说。"

---

[1] 现在日本过公历新年，所以文中的除夕是12月31日。

"你们的关系一定很好吧?"

"是啊。我们的关系非常好,甚至有人说我们是'同卵母女'呢。"弥代荣的声音忽然柔和起来,"我丈夫经常出差,从女儿上幼儿园开始,家里就只有我们娘俩。虽然她父亲还在,我们娘俩却像是过着单亲家庭的生活。所以,无论是情绪表达,还是仪容仪表、生活态度,都是我从头开始教女儿的。"

"您兼任了父亲的角色啊,一定很辛苦吧!"

"因为她是独生女嘛。但麻梨奈也很争气,从小就是优等生。学业无可挑剔,还多次当选学生会主席。"

"那真是太厉害了。"

"我可没有强迫她,这都是麻梨奈自己要做的。我开心得不得了。"

母亲一般不会当众夸赞自己的孩子,但弥代荣对麻梨奈赞不绝口,一点都不害羞。不,一般来说,如果女儿去世了还对她连连称道,这场面不仅不会让人生疑,反倒会令人感动不已吧。

"我们总是在一起。无论是她的入学典礼、毕业典礼,还是人生的其他转折点,我都在场,与她一起分享喜悦。所以,麻梨奈就这样孤零零地死了,我觉得她好可怜,好可怜。"

"把房间彻底收拾干净并非难事。只要房东能保守秘密,就没人知道您女儿是在怎样的环境中过世的。"

"房东说我女儿是病死的,此外便一个字都不肯透露。"

这是理所当然的吧,香澄想。发生了租客孤独死的情况,房屋租金就会下降10%，房东讳莫如深还来不及，怎么会多嘴，说自家房屋不好呢？

"我们不仅承接房屋清扫工作，还提供死者祭奠、遗物整理服务。房间的衣柜里好像还有麻梨奈小姐的衣服，清扫过程中应该还会发现其他遗物，您要领走吗？"

"不用了，谢谢。"

弥代荣第一次抬起头。香澄将她重新打量了一遍。

虽然觉得自己很失礼，但香澄认为弥代荣就是个乡巴佬。由于她的化妆太庸俗，连穿的衣服都显得土里土气，高高的身材更凸显了这种味道。别在领子上的胸针也过于朴素，简直没有任何装饰品的意义。

"已经有骨灰了。没有比这更重要的遗物了吧。"

"话是这么说，但如果房间里还有能勾起回忆的物品怎么办？"

"能勾起回忆的物品，我家里还有许多。衣柜里应该都是那孩子在这里买的衣服吧。对我来说都是没用的东西。对不起，遗物就请你们自行处理吧！"

"我知道了。"

"那就请抓紧时间，今天就开始吧！"

弥代荣说完所有该说的话，便站起身来，微鞠一躬，快步走出事务所。

"嗯……"五百旗头望着她的背影，轻轻地叹了口气。"秋广小姐，刚才的事，你怎么看？"

"死者母亲的反应吗？她看上去还没有摆脱对孩子的依赖。她说她们关系很好，甚至被称为'同卵母女'，但换句话说，她对女儿的依赖性很强。"

"是吗？"

"五百旗头先生不这么看？"

"如果依赖性很强的话，一般都会想要将女儿的所有遗物都领走吧。"

"可麻梨奈本人已经过世了，也就没有必要再依赖女儿了啊！"

"是这样吗？"五百旗头挠挠头，似乎还想说什么，"我实在无法理解母亲这种角色，有很多事情让人摸不着头脑。"

"您哪里不明白？"

五百旗头没有作答，径直走出了事务所。

3

"今天又只有我们俩？"香澄在副驾驶座上抱怨道。

握着方向盘的五百旗头露出抱歉的表情。"不好意思，白井在别的地方孤军奋战，稍后会开着载重两吨的卡车来同我们会合。"

目前，终点清扫公司上上下下，包括代表董事五百旗头在内，干活儿的只有三个人。面试时听五百旗头做过说明，香澄并不觉得特殊清扫工作有太大需求，可上班之后就不得不承认自己错了。每三天就出去做一次房屋清扫，有时甚至连续两天都要工作。

"又得再招人了吧。"五百旗头说。

"老实说，确实有点人手不足的感觉。就算考虑到利润率，再增加两名员工也是可以承受的吧。"

"就现状来看，没错。但是，事故房屋又不是定期就能冒出来的。我可不想让暂时增加的员工因为工作减少而辞职。"

"可是，事故房屋数量不是每年都在增加吗？"

"觉得需求增加就连忙扩大业务，结果持续亏损，最后不得不倒闭，这样的先例我见过好几个。"

忽然，香澄想起自己对五百旗头的过去知之甚少。她在面试前看过公司资料，还记得终点清扫公司成立于五年前，五百旗头怎么看都应该有四十多岁了，这不可能是他的第一份工作。

"另外，我为这份工作感到骄傲，但同时也觉得不应该赚太多。"五百旗头说。

"能赚钱不是好事吗？"

"我们的工作同律师一样，多少都是拿别人的不幸做生意。孤独死自不必说，即便垃圾屋也是一种不幸。律师和我们可以大赚特赚，这绝不是什么可喜的事。"

"但是，我认为只要没有反社会，凡是有需求的工作都是有社会意义的。"

"社会意义啊。"五百旗头喃喃自语，似乎在反复回味香澄的话。"那样的话，至少得做点对得起死者的工作才行。如果我们靠别人的不幸为生,那就至少要把一些人从不幸中解救出来才对。"

"难道我们的工作不是为了满足客户的期待吗?"

"有时候客户会说谎,因为他们还活着嘛。只要人还活着,就不得不在某些情况下说谎,即使只是善意的谎言。但是,死去的人是不会说谎的。所有死者的愿望都是一样的。"

"他们都有什么愿望?"

"我觉得是,希望活着的人体谅他们的心情。"

两人乘坐的厢型车再次抵达"成富公寓"。他们已经从房东晶子那里拿到钥匙,也掌握了里面的情况。接下来就按照房东事先和五百旗头商量好的步骤进行就行了。

两人穿上特卫强防护服,戴上防毒面具,在冷藏箱里准备了几瓶运动饮料。现在的气温是二十七摄氏度,密闭房间内恐怕已经轻松超过四十摄氏度。必须每隔十分钟就到户外补充水分。否则弄不好会中暑,把自己变成木乃伊。

在报价阶段就已经确认了内部状况,因此本次将采取 C 级防护措施。这里的级别,是消防厅颁布的《化学灾害或生物灾害时消防机关活动手册》中规定的防护措施分类。

A 级:穿戴全身化学防护服,并使用自给式空气呼吸器进行呼吸保护。

B 级:穿戴化学防护服,并使用自给式空气呼吸器或氧气呼吸器进行呼吸保护。

C级：穿戴化学防护服，并使用自给式空气呼吸器、氧气呼吸器或防毒面具进行呼吸保护。

D级：不穿戴化学或生物防护服，仅采取实施消防活动必需的最低防护措施。

C级防护措施的必备装备包括：化学防护服（防止悬浮固体粉尘和雾气的密闭服）、化学品防护手套（外层手套）、长靴、自给式空气呼吸器、氧气呼吸器或防毒面具，以及安全帽。这套装备相当沉重，适用于放射性污染区域的清理工作等情况。有人也许会认为，只不过是打扫屋子，却像要清理放射性污染区域一样高度戒备，未免小题大做。但对踏入现场的香澄等人来说，如此防备是天经地义。

"进去吧！"五百旗头轻快地喊了一声，推开了门。

同昨天一样，成群的苍蝇像黑雾一样飞出来。五百旗头和香澄立刻向四面八方喷洒杀虫剂，驱散苍蝇。就算穿着防护服，如果苍蝇在眼前嗡嗡乱叫，飞来飞去，工作也会分心；如果工作过程中苍蝇又拉了粪便，就会增加新的病原体。

在房间里喷洒杀虫剂后，苍蝇终于停止了狂舞。

"好，开始搬运。"

如果不小心弄破垃圾袋，里面的东西漏出来，那麻烦就大了。虽然非常麻烦，但他们也只能把袋子一个个拎到房间外面，暂时集中在公寓的房前空地上，每个袋子上都要喷洒除臭剂。

由于不是垃圾回收日，收集起来的垃圾袋会放在随后赶来的卡车上,运到垃圾处理厂。东京二十三区内有十二处可以接收垃圾的处理厂,非常方便。

搬走垃圾袋后,便露出许多装着黄色液体的塑料瓶。不用说也知道,这是租客的排泄物。租客往塑料瓶里排泄时厕所是什么状态,可想而知。马桶一定是堵住了,无法使用。

两人分头把垃圾袋一个个搬出去。他们要中途休息,还要小心翼翼地避免室内垃圾山坍塌,无论如何都得耗费许多时间。何况,要搬运的垃圾数量本就令人咋舌。

"照这个速度,光是搬垃圾袋就得花两个小时。"

"因为垃圾塞满了整整一个房间嘛。如果把垃圾摊在平面上,这里的房前空地够不够用都很可疑。"

垃圾袋堆了好几层,最底层的垃圾袋已经被压扁。但搬到外面去之后,袋子又在复原力的作用下膨胀起来。袋子是半透明的,可以隐约看到里面的东西。

"一半是厨余垃圾,一半是可回收垃圾?"五百旗头望着一排排垃圾袋,喃喃自语,"小便装在塑料瓶里,大便就装在便利店餐盒之类的容器里扔进垃圾袋,多半是这样吧。"

到了休息时间,香澄摘下防毒面具,只敞开防护服上半身。汗水立刻像瀑布一样流下来,但外面的空气也带走了热量。

暴露在阳光下的装着尿液的塑料瓶闪闪发光,看上去竟有几分艺术品的味道。但那东西其实相当可怕,一打开盖子,恶臭和病原菌就会扩散到四周。

"在做这份工作之前，我以为只有男人才会用塑料瓶解决小便问题。"

"宅在垃圾屋里的生活是一种极限状态。处在极限状态下的男女也没什么区别，只是死后多少有些不同。"

"欸，死后会有什么不同？"

"啊……这种事，你亲身体验一下现场就知道了。不过，腐烂后男人会更臭。我想，这大概是因为男人皮下脂肪更少，肠子更短吧。"

"……作为女人，我听到这些也没什么优越感。"

"又不是什么值得骄傲的事。死者本人也不想因为这种事而骄傲吧。"

"有件事我一直很好奇。"

"什么事？"

"麻梨奈小姐为什么会辞去工作，闭门不出？"

"这种事因人而异吧。"

"我也这么认为，可是……"

香澄支吾起来。如果不辞掉公司的工作，继续顺利地工作下去，麻梨奈的未来应该会是另一番模样。她到底在哪里做出了错误的选择呢？

香澄很清楚，对死者的人生胡思乱想毫无益处，但麻梨奈和自己年龄相仿，香澄不认为这是别人的事。再加上在死者生活和死亡的地方做过清扫工作，有时会产生死者残留在世上的执念侵入自己脑中的错觉。

"秋广小姐真是好人啊。"

"才没有呢。"

"和房间主人年龄相仿,所以不觉得事不关己,对吗?嗯,如果你是个多愁善感的人,同情死者也无可厚非。"

"刚才五百旗头先生也说过,希望活着的人体谅死者的心情吧?"

"嗯,我认为这是大多数死者的心愿。"

"既然如此,同情死者也不是什么坏事吧。"

"也不是什么好事。如果仅仅局限于体谅死者的心情,这是可以的。但你不能过多地偏袒死者。弄不好自己的灵魂也会被死者带走的。"

"您说得有点神秘呀。"

"我不是那种很相信鬼魂的人,但我知道对死者抱有强烈的情感是不健康的。同情是好的,但要适可而止。"

休息结束后,两人继续工作。在室内外来回走了二十次,之前被垃圾袋山脉遮盖的地板一点点显现出来。

随着整个地板渐渐暴露,体液形成的黑色污渍愈发明显。污渍上依然爬满了数不清的蛆虫,不停地蠕动着乳白色的身体。

不光有体液的痕迹。地板上,不知是饮料还是什么的不明液体凝固成斑点。地板的缝隙里有一条线,好像是塞进里面的污渍。但那可不是普通的污渍,而是一排密密麻麻的苍蝇蛹。

两人将杀虫剂喷洒得到处都是,然后取出金属刮刀,将缝隙里的蛹小心翼翼地压碎。幼虫惨遭杀害，苍蝇心有不甘地绕着他们乱飞，他们用一罐喷雾将其轻松打败。

杀虫剂全部喷洒完之后，地板上布满了昆虫的尸体，不仅有苍蝇，还有蟑螂和其他不知名的虫子。仔细观察的话会感到恶心，所以香澄只把它们当作垃圾，集中清扫到一个地方，塞进随身带来的垃圾袋，走出房间，只见那辆载重两吨的卡车已经停在公寓房前空地的一角。

"辛苦啦。"从驾驶席现身的是另一名员工白井宽。或许是因为早进公司一年吧，虽然他比香澄年轻，看上去却已经对污物习以为常。"垃圾袋，就这些了吗？"

"大概还有八成。"

"看来一次搬不完啊。"

"五百旗头先生也这么说。"

"哎呀呀！"

看香澄的样子，白井似乎意识到她和五百旗头都帮不了他，于是换上特卫强防护服，开始把垃圾袋逐个搬到卡车载货平台上。

不管喷洒多少除臭剂，在这样的梅雨天气，厨余垃圾的腐烂速度还是会加快。如果不迅速清除，很快就会发出恶臭。即使把垃圾袋密封起来，也保不齐会有东西漏出来。

香澄不再理会专心装垃圾袋的白井，径自回到105号房间。即使将垃圾袋全部清除，清扫工作也只完成了一半。

"白井先生的卡车到了。"香澄对五百旗头说。

"啊，我听到声音了。"

五百旗头站在衣柜前面，目不转睛地盯着表面。虽然没有发现什么格外显眼的污渍，但也不能掉以轻心。一打开门，就可能会有意想不到的东西飞出来。田村刑警说过："衣柜也检查过了。不可思议的是，里面只有衣服，没有垃圾袋和塑料瓶之类的东西。"但不亲眼确认一下，还是无法放心。

别看五百旗头平时说话漫不经心，做起事来却一向慎之又慎。他把手放在衣柜把手上，慢慢打开。

正如田村刑警所说，和房间里的惨状相比，衣柜里井然有序，简直令人难以置信。没有垃圾袋，也没有塑料瓶，只有整齐排列的一件件衣服。

"这里真干净啊，只是防不了虫子入侵。"

虽然衣服整整齐齐地挂在衣架上，但凑近一看还是会发现成群的蛆虫。虫蛹的蜕壳也很显眼，立式镜上布满了密密麻麻的蜘蛛网。想到房间主人唯一的圣地也被虫子糟蹋了，香澄就心痛不已。

仔细检查衣物的话，会发现女式衬衫、针织上衣等夏装同毛衣、大衣等冬装一起挂在那里。大概是没办法按季节分类保管存放吧。田村刑警说过，衣柜里夹杂着几件男装，这一点也得到了验证——有颜色鲜艳的夹克、装饰着金色丝线的裤子，甚至还有不知要戴去哪儿参加晚会的圆顶硬礼帽。

"大概是交往过的男朋友留下的吧，真够花哨的。"

"是啊。至少不是上班族白天穿的那种衣服。"

"对方大概是做牛郎的吧。"

虽然在高薪企业工作,却因为学会玩牛郎而自毁前程,最后失去工作,耗尽存款,悲惨死去。这是一个老套到令人生厌的故事,庸俗透顶。但看到这房间的状况,香澄还是不得不感叹死者用情之深。早已分手的男人留下的衣服,却被死者奉若珍宝地挂起来,更令人心生怜悯。

"每一件衣服都被虫子咬过,还爬满了蛆,没法再穿了。死者母亲让我们直接处理掉是正确的。"

五百旗头开始从衣架上取下衣服,随意塞进垃圾袋。

突然,香澄想到了什么事。

"请等一下。"

"怎么了?"

"扔掉之前可以拍张照片吗?"

"没问题。但到底是为什么呢?"

"虽然死者母亲让我们直接处理掉,但她也许会对麻梨奈生前穿过怎样的衣服感兴趣,所以我想至少拍几张照片。"

"好吧。只是拍照的话,应该不会有人反对。"

于是,他们取出这些即将扔掉的衣服,逐件拍照。香澄对五百旗头所做的解释并非谎言,但也有所隐瞒。看着挂在衣架上的衣服,香澄产生了似曾相识的感觉。虽然不知道这种感觉的根源是什么,但脑子里有个声音命令她:不管三七二十一,先记录下来再说。

香澄把所有的衣服都拍完之后,五百旗头着手清扫地板。虽说是清扫,但体液渗透了地板的话,任何除臭剂都无法完全消除臭味,而且被渗透的那部分地板会变得脆弱易碎,耐久性下降。就算表面弄得干干净净也没有意义,最后只能更换地板。

五百旗头从带来的工具箱里拿出电锯,却没有打开开关。

"秋广小姐,你来看看这里。"五百旗头指着黑色污渍中对应着手的位置。

香澄从背后看过去,发现地板上写着什么。墨水好像被挡在了地板的表面涂层外面。"是字吧?"

"这么暗的地方,看不清楚,待会儿再确认吧。"

开始揭开地板。五百旗头熟练地操作着电锯,准确地切除染上污渍的部分。不一会儿,一个足以伸头进去的洞就出现了,五百旗头往里一看,说:"不出所料,连地板下的横木都被污染了。"

"横木也需要更换吗?"

"不,好像只是污染了表面,刨掉就行了。"

五百旗头取出刨子,开始只将体液渗透的部分仔细刨去。刨花同铺好的报纸一起回收,一块碎片都不会留下。不知是得益于上一份工作,还是如今从事的房屋清扫工作,五百旗头熟练掌握了使用刨子的技能。被污染的部分很快就刨掉了。

将准备好的相同材料的地板按尺寸切断,嵌入地板的缺失部分。五百旗头的谨慎和灵巧在这里也得到了体现。新的地板完美地嵌合进去,没有留下任何缝隙。由于事先涂上了同样颜色的涂层,乍看上去很难发现修补的痕迹。

"干得漂亮。"

"熟能生巧嘛，又没有多难。坚持一年的话，秋广小姐也能做到。"

"我在学校没有选择生活技能课，现在连一根钉子都钉不好。"

"工作技能跟学校教的生活技能可不一样。所谓职业，就是边干边学。来吧，进入最后阶段了。"

更换完地板之后，五百旗头在整个房间喷洒了消毒剂。

"好，暂时撤退。"

带上工具箱，两人来到户外。现在是消毒剂在密闭房间里发挥作用的时候。他们一边休息，一边等待黏糊糊的消毒剂挥发。

香澄将取出来的那块地板暴露在阳光下。被涂层阻挡的文字尽管凹凸不平，被照亮的部分依然清晰可辨。

大概是用圆珠笔写的，凹凸非常明显。

　　大家都去死吧！

香澄瞪大眼睛，反反复复看了好几遍，上面确实是这么写的。

"五百旗头先生，你看这个。"

五百旗头从旁探过头。

"是麻梨奈小姐的遗书吗？"香澄问。

"她是自然死亡吧？"

"心源性脑梗死会伴随全身麻痹和意识障碍，负责此案的刑警说麻梨奈小姐当时可能都来不及伸手拿手机。"

"如今你想告诉别人什么事,用手机记录比写字更方便吧。实际上,把遗书留在手机里的家伙也不少。毕竟,在意识障碍袭来的时候,写遗书是不可能的。"

"如果不是遗书,那又是什么呢?"

"只是对这个世界的单纯怨言吧。"

五百旗头的回答很简单,也很冷静。在意识混乱之前,三十多岁的单身女子向虚空发出的诅咒充满了哀伤,但归根结底不过是自言自语。

只是吐在地板上的苦水罢了,不打算给任何人看。

不,不对。

现在香澄不就在看吗?

"差不多快干了,去收尾吧。"

两人带着除臭剂罐子去完成最后一道工序。一进房间就打开门窗,让室内空气流通。弥漫着尸臭的沉闷空气排了出去,初夏的清新柔风吹了进来。

确认空气完全换新后,他们最后一次喷洒除臭剂。市面上的除臭剂效果堪忧,所以终点清扫公司会使用特制除臭剂。五百旗头混合了好几种除臭剂,调制成"五百旗头特别版",除臭效果和持续时间都是市面上的产品无法比拟的。

"工作结束。"

五百旗头一声令下,两人撤离了现场,在厢型车前脱下防护服。防护服扔进焚化箱，其他工具放回原处，便大功告成。

"我去找客户尽快确认吧。"

五百旗头叫来房东成富晶子，请她进入房间。晶子瞪大眼睛，惊叹不已。

"好干净，一切都恢复了原样啊。"

"虽说是室内清扫，但我们不得不更换了一部分地板，并修补了地板下的横木。由于使用了载货两吨的卡车，费用也相应有所增加。"

"只要房间变干净了，我就没什么意见。"她完全忘记了，房屋清扫费不是由她来支付，而是麻梨奈的母亲。"辛苦啦。"晶子没行礼就匆匆离开了，仿佛再也不想过问这码事一样。

公寓房前空地上还有垃圾袋，等会儿白井就会来收第二趟。

"房东已经确认了，咱们回公司吧。"

"不用等白井先生吗？"

"我信任他。把事故房屋清扫干净之后，接下来就要把自己的身体清理干净。咱们不是在那热气腾腾的地方汗如雨下吗？"

因为担心汗水和尸臭，香澄毫不犹豫地同意了。

"可那位房东女士，难道对租客就没有一丝同情怜悯吗？"

"如果房东认为租客应该像那种飞走了却不把水弄浑的鸟，那么这位租客留下的水就实在太浑了，房东态度冷淡也在所难免。"

"真有点世态炎凉的感觉。"

"我们清扫了充满死者怨恨的房间，从而消除了这份怨恨。如此想来，就不觉得世态炎凉了吧。"

"说得我们好像驱魔师一样。"

"区别只在于，驱魔师驱除的是恶灵，我们驱除的是恶臭。"

整理好装备，两人坐进厢型车，五百旗头将视线投向香澄的手。"秋广小姐，那块木板是……"

"嗯，就是麻梨奈写了'大家都去死吧！'那块。"

"你带这东西去干什么？"

"房屋清扫过程中，我注意到一件事，我想确认一下是不是真的。我这样做是不是多此一举了呢？"

"这个啊，"五百旗头发动引擎，不再看香澄，"反正客户委托的工作都完成了。"

说完，五百旗头就不再作声。

这是警告香澄不要多管闲事，还是随便她处置呢？

香澄认定是后一种意思。

4

第二周的星期天，香澄利用假日来到江东区有明。麻梨奈曾在这里的进口车经销店工作。

香澄报上自己的职业和姓名，女接待员立刻露出为难的表情，但还是马上将香澄带到了会客室。

等待五分钟后,香澄见到一位销售部员工。

"让您久等了。我是销售部的大田真理子。"

"我是终点清扫公司的秋广香澄。"

"听说您今天来是为了以前在敝公司工作的关口麻梨奈小姐的事。"

香澄解释说,终点清扫公司除了清扫事故房屋,也进行遗物整理。

"是这样啊。得知关口小姐过世,我们也悲痛不已,可遗物整理同敝公司有什么关系呢?"

"关口小姐在自己公寓的衣柜里存放了许多衣服,也许贵公司的制服也混杂其中,我来这里就是想请你们确认一下。"

"敝公司规定员工退职时必须归还借出的物品……不过,确认一下也无妨。"

香澄一张一张地展示了保存在手机文件夹里的衣服照片。不过,她从一开始就知道这里面没有制服。这只是为了从麻梨奈以前的工作场所探听消息的计谋。

但现在断定自己计谋奏效还为时过早。浏览照片的大田看到其中一张时,突然轻轻地叫了一声。

"这件衣服我记得!虽然不是公司发的,但当年关口小姐就凭这件衣服一举成名了呢!"

这出乎意料的反应让香澄心头一惊。

"请将当时的情况告诉我吧。"

"你知道东京车展吧？敝公司也是参展企业之一，会在展台上展示当年的概念车。在这样的新车展示中，车模往往是必不可少的。秋广小姐对这种车模有什么看法呢？"

"是展览会的亮点吧。"

"没错，这种看法非常普遍。有车模的话，场面会更诱人，车也会显得更漂亮，这种似是而非的说法大行其道。他们会让车模穿上低胸紧身衣或者迷你裙。但这难道不就是所谓大叔的品位或喜好吗？至少女性不会因为看到那样的展台而产生购买欲望。"

她的语言中透着些许愤怒。香澄对车模也有一点反感。新车搭配性感女郎，这不能不让人想到中年男人的性偏好。

"这一招以前是行得通的，因为买车和开车的几乎都是男性。如果主要购买人群是男性，用性感女郎作为营销手段也无可厚非。但时代变了。女性在购买者中所占的比例已与男性相当，于是有人开始质疑概念车是否一定需要车模。近年来，由于女权主义的影响，在欧美车展上使用车模的公司越来越少。敝公司也不例外，打算暂停使用车模，但就在我们即将达成内部共识时，关口小姐突然举手发言。"

"关口小姐说了什么？"

"她说，既然如此，就由她来当车模好了。此言一出，便引发了轩然大波。上自总公司的董事，下至营业所的员工，都震惊不已。一般来说，车模都是各个派遣公司派过来的，这次却有公司员工主动请缨，真是个破天荒的提议，甚至有哗众取宠之嫌。起初也有否定的声音，但总公司的CEO（首席执行官）竟然批准了，公司内的舆论也为之一变。"

"贵公司的文化太棒了。"

"真是一张值得纪念的照片啊。"大田自豪地注视着手机上的照片，"转瞬之间，公司对车展的看法就变了，但与此同时，大家对关口小姐的评价也变了。"

"大家都是怎么评价关口小姐的？"

"她身材高挑，引人注目，但性格含蓄。虽然做事认真踏实，但总给人一种躲在别人背后的印象。班上总有这样的同学吧，因为外表太光鲜而变得内向的孩子？"

"有的有的。"

"关口小姐就是这样的人。总之就是个不起眼的优等生。当然，无论她是否引人注目，最重要的是认真踏实，因为对所有工作来说，这都是工作者至关重要的素质。"

香澄点头表示同意。进口车销售行业看起来光芒四射，但在提供有吸引力的产品，由懂得其价值的人购买这一点上，与其他行业并无不同。如果涉及大笔资金流动，认真和谨慎更是必不可少。

"然而，她作为车模参加车展之后，大家对她的评价就全变了。她原本因为个子太高颇为自卑，可到了华丽的舞台上，这样的身材反而起到了积极作用。公司的展台前人头攒动，吸引了大量来看新奇的人，关口小姐一下子成了公司的'吉祥物'。"

"既然成了吉祥物，关口小姐本人的观念也会有很大改变吧。"

"是的。说车展全靠关口小姐才成功也不为过。她变得异常活跃,似乎总是被聚光灯照耀着。啊,对了,"大田拿出自己的手机,打开一张图片,递给香澄,"这是那时在只有女性参加的一次聚会上拍的照片。"

地点应该是某个小酒馆。照片中,包括大田在内的几名女性围坐在桌旁。个子格外高的那位肯定是关口麻梨奈。

虽然在调查关口小姐,但这还是香澄第一次看到她生前的样子。果然,正如大田所说,麻梨奈似乎享受着众星拱月般的待遇。

"车展前后,关口小姐都在销售部工作。即使大家对她的评价迥然不同了,她在工作上也一如既往地认真踏实。"

"她是课长的助手吗?"

"不,关口小姐的工作是一些不起眼的庶务,比如对各种活动的估价和用品统计。正因为如此,才同车模这种华丽的形象形成鲜明的反差。"

"这样的职场环境,旁人听了都会羡慕不已啊。可是那样的话,关口小姐为什么会辞职呢?"

大田的脸庞顿时痛苦地扭曲起来,说:"必须回答吗?"

"作为被委托整理遗物的人,我们有必要知道关口小姐生前对谁抱着什么样的感情。"

"就算敝公司拒绝接受遗物也不行吗?"

"整理遗物既是为了遗属,也是为了逝者本人。"

虽然听起来有些虚伪,但这句话并没有说谎。至少现在的香澄是为了消除麻梨奈的怨恨而行动的。因为香澄相信，弄清"大家都去死吧！"这一留言的意图，就是对麻梨奈的祭奠。

大田犹豫了片刻，然后不情不愿地开口了。"车展结束几个月后，敝公司的公关部收到了投诉，说关口小姐在展台的表演与世道人心背道而驰。"

"哪里背道而驰了？"香澄不由得提高了嗓门儿。

"投诉者是名为日本严谨党的政治团体。"大田懊恼地撇了撇嘴，"他们抗议说'从社会观念和伦理规范的角度看，你们的展销活动都大逆不道，今后应该全部取消，否则我们会向允许你们参展的车展本身发起抗议，甚至不惜在会场示威'。公司一开始认为这只是故意找碴儿，对其嗤之以鼻。但后来每天都会收到这种投诉，公司这边的人渐渐感到不安。对方无法理喻，如果他们真的在会场抗议游行，参展的同行也会受到影响。经过高层讨论，公司决定下一届车展恢复以前的形式。"

也就是说，他们在威胁面前忍辱求全了。

"可是，因为恶意投诉和政策反复，关口小姐应该遭到了莫大的伤害吧！看到她灰心丧气的样子，我的心都要碎了。她好像觉得自己存在的价值被完全否定了。"

"我也这么认为。"

"公司做出这一决定后的第二个月，关口小姐递交了辞呈。我们试图挽留，但她本人情绪十分低落，我们没能让她回心转意。"

"你们此后就再没见过关口小姐？"

"是的。同事曾好几次请她出来喝酒,但都被拒绝了。肯定是因为公司给她留下了痛苦的回忆吧。一想到这些,我们就感到非常抱歉。"

麻梨奈开始闭门不出,恰好是那个时候。结合公司里发生的种种,就不难明白其中缘由。

大田再次将视线落到那件衣服的照片上。

"这件衣服彻底改变了人们对关口小姐的评价,结果却给她带来不必要的心理负担。从这个意义上来说,我觉得这是一件罪孽深重的衣服。"

香澄接下来拜访的是麻梨奈在水户的老家。

关口家位于幽静的住宅区一角,香澄造访时,家中一片寂静。如果是因为服丧才如此安静的就好了,但这只是香澄一厢情愿的想法。

门牌上刻着弥代荣和麻梨奈两个人的名字。也许是出于对女儿的怀念才没有更换,但香澄觉得这简直就跟数死去孩子的岁数一样残忍。

弥代荣把香澄领去客厅。沿走廊前进时,一个日式房间的佛堂映入眼帘,但香澄很难开口要求上香。

"房东告诉我,那个房间已经面貌一新了。真的非常感谢。"

"哪里,这是我的工作。"

"对了,您今天来有什么事吗?清扫费应该已经汇入你们的账户了。"

"今天我来，是为了遗物整理的事。"

"我说过，那个房间里的东西，请你们全部处理掉。"

"没错。不过，出乎意料的是，衣柜里居然还有一些衣服。我想，最好请您确认一下再处理比较好。"

"确认？难道你把衣服带过来了？"

"我拍了照片。"

香澄把在房间里拍的衣服照片一张张展示给弥代荣看。先前的所有服装都没有引起弥代荣的任何反应，但在看到某一件衣服时，她突然瞪大了眼睛。

那是一件颜色鲜艳的夹克。

"这件衣服果然引起了您的注意啊。"

这是预料之中的反应，但香澄却觉得很难受。

"第一次打开衣柜时，我也有些纳闷儿。就算要珍藏前任男友的衣服，选一件夹克也太奇怪了。而且，那件夹克同装饰着金色丝线的裤子以及圆顶硬礼帽的组合，也让人感觉似曾相识。我思索了很久，终于想起来了。这是动画片《苍久的骑士》中登场的莱因霍尔特侯爵这个角色的服装。"

《苍久的骑士》原本是一款游戏软件，但因为备受欢迎，又被改编成动画片。这部动画片也大获成功，尽管是深夜播出，仍然取得了很高的收视率。说这话的香澄也是狂热粉丝之一，所以她才能想起来。

"莱因霍尔特侯爵的服装在普通商店是买不到的。麻梨奈小姐一定是在角色扮演专卖店买的吧。对麻梨奈来说,这是一个秘密爱好,没想到竟然有一天能在公司派上用场。据说麻梨奈小姐工作的公司曾经打算,在东京车展上展示概念车时暂停使用车模,因为那不符合当下的潮流。姑且不论此举是对是错,反正麻梨奈自告奋勇地表示自己愿意担任车模。虽说是车模,她却打扮成男性的样子。她当时穿的就是这件夹克、这条裤子,戴的就是这顶礼帽。"

香澄展示了另一张图片,正是那次车展上麻梨奈打扮成莱因霍尔特侯爵的飒爽英姿。

"以前大家都认为只有性感女郎才能担任车模,但身穿角色扮演服的麻梨奈打破了这一成见。不仅如此,毫不夸张地说,身材高挑的麻梨奈小姐的男装扮相吸引了所有人的目光。这番表现令公司形象焕然一新,在公司内部广受赞誉,麻梨奈也因此一举成名。这也给麻梨奈带来了积极的变化。在此之前,她仅仅因为认真踏实而得到赏识,现在她却由于独特的魅力而受到认可。如果这样发展下去,麻梨奈小姐应该会迎来幸福的人生。但有一天,某个政治团体提出了近乎无理的投诉,麻梨奈的幸福时光就此结束。投诉者是极右翼的日本严谨党,他们以其前现代的性别观念臭名昭著。他们主张男人就该像男人,女人就该像女人,男扮女、女扮男之类的只会伤风败俗。是的,就是在这座房子的围墙上贴了海报的那个日本严谨党。关口女士,既然您同意他们张贴海报,难道说您也赞同那个政党的主张?您的这种倾向,可以追溯到很久以前您和麻梨奈两个人生活的时候吧？"

弥代荣依然眼神暗淡，缄口不语。

"接到投诉后，公司决定禁止麻梨奈再登台。对麻梨奈来说，这相当于否定了她的存在。于是麻梨奈小姐在公司无法立足，辞去了工作。"

"为什么会感觉自己的存在遭到了否定呢？太小题大做了。不就是被禁止穿男装吗？"

"下面的话完全只是我的猜测，麻梨奈小姐虽然生物性别上是女性，却认为自己是男性，对不对？"

弥代荣再次陷入沉默。香澄把这种沉默理解为默认。

"在《苍久的骑士》中登场的莱因霍尔特侯爵不仅睿智机敏，而且在战场上勇猛果敢。但实际上，莱因霍尔特是女性，碍于家庭原因才不得不装扮成男性。这样的设定同麻梨奈的情况不是如出一辙吗？虽然麻梨奈具有男性气质，却还是被迫做女性。正因为如此，她才会把自己和莱因霍尔特侯爵这个角色重合在一起，享受角色扮演的乐趣。在车展上的角色扮演备受瞩目时，麻梨奈认为自己终于找到了认可她本来面貌的场所。但这种幻想被日本严谨党的投诉无情地打破了。想通过政治团体阻止女儿从男装中获得快乐的人正是关口女士，对不对？"

香澄得出的结论非常可怕。一个是因为性别认同障碍而苦恼的女儿，一个是顽固坚持旧有性别观念的母亲，两者住在一起，摩擦和冲突在所难免。这也解释了麻梨奈为什么离家上大学之后便很少回来。

一 祈祷与诅咒

大家都去死吧！

真实的自己遭到否定之后，麻梨奈是怎样的感受，这无从得知，只能想象。但一眼就可以看出，她的这句遗言是针对不肯承认自己的母亲和社会的。

一阵沉重的缄默之后，弥代荣终于开口了。

"她一直就是个让人头痛的女孩。"弥代荣的声音异常冷漠，"她只同男孩子玩，对过家家和漂亮的衣服一点也不感兴趣。虽然到小学阶段我都严格要求她言谈举止要像个女孩子，但到了初中，她进入叛逆期，甚至连裙子都不穿了。我用祖先世代相传的观念教育她，但她不听。我责打了她很多次。既然生为女孩，就应该像女人一样化妆，和好男人结婚，建立幸福的家庭。这就是女人的幸福。大学毕业后，她在东京找到工作，我终于松了一口气，以为她的坏习惯已经改掉了。后来，我听说她入职的公司要参加车展，便去看电视新闻，结果发现穿着男装的麻梨奈在那里搔首弄姿。我又羞又恼，于是跑去日本严谨党的事务所。事务局长是个精明强干的人，立刻明确表示要以政治团体的名义提出抗议。多亏了他，我女儿再也没有穿那件没羞没臊的衣服了。我真是太感谢他了。"

"绝望的麻梨奈小姐闭门不出，与世隔绝，最后在地板上写下对世界的诅咒。事到如今，您还是对那个投诉者感激不尽吗？"

"那孩子终于回到我身边了。虽然只剩下骨头，但已经变回对我百依百顺的孩子了。"弥代荣淡淡一笑，"凡事都普普通通、自自然然的，这才最好呀。"

"……我先告辞了。"

香澄终于忍不住站起了身，向玄关走去。弥代荣并没有追上来。

离开的时候，香澄又看了眼房子。那是一座随处可见的普通房子。

但对麻梨奈来说，这个家真的是让她安闲自在的地方吗？说不定，那个塞满垃圾袋、无处落脚的房间才是她真正的避风港吧。

香澄突然难以自持，急忙跑了出去。

二
腐蚀与还原

腐蝕と還元

二　腐蚀与还原

1

"不管是谁,说破嘴皮也只能打九折。位置这么好,再减价是绝不可能的,绝不可能。"饭洼照子语气坚决,完全没有商量的余地。

"不,我并不是要求您降价,只是想向您说明,根据评估结果,有些情况可能不会被判定为孤独死。"

虽然五百旗头一再强调,但照子连死者不是孤独死的可能性都不愿考虑。鉴于她的经济状况,她这样做无可厚非,可五百旗头毕竟也要做生意。

由五百旗头担任代表董事的终点清扫公司,除了承接清扫事故房屋和遗物整理的工作,有时也会购买事故房屋。但在事故房屋的处理方面,若屋内曾发生孤独死,交易价格会下降一成,自杀会下降三成,他杀会下降五成。购买价格也与市场价格挂钩,不能根据照子的要价购入。

"新宿区内的三室一厅的二手公寓才四千万日元,这难道不是白菜价吗?降价一成就已叫人肉痛了,再降价的话,简直是要命呀！"

不知内情的人听了，可能会认为照子贪得无厌、顽固不化，但五百旗头却忍不住对她心生同情。

照子的丈夫五年前去世了。丈夫留给家人的唯一投资资产，就是这套按单元出售的公寓。丈夫死后，房租成了照子唯一的收入来源。租客名叫伊根欣二郎，从不拖欠房租，是个模范租客。如果一切照旧、安然无事的话，照子还能定期收到房租。但今年十一月，情况骤变，因为有人发现了伊根的尸体。

尸体是十一月被发现的，但警方的调查表明，租客伊根在十月下旬就已经死亡了。之所以一个星期都无人觉察，是因为现场气密性很好。不过，尸体被发现时的状况简直惨不忍睹。

听说房东照子一进现场就差点儿晕倒，当即决定卖掉房子。

"虽然是丈夫的遗产，但我有点受不了靠收这房子的租金生活，毕竟这里死过人呀！不过，这是丈夫给我的唯一遗产，我绝对不会贱卖的。"

因为不吉利所以想抛售，这样的心情是可以理解的；虽然是抛售，却又想尽量高价卖出，这样的心情也是可以理解的。

跟着照子走进客厅后，五百旗头若无其事地观察起来。家具做工精致，似乎很高级，但已经有些年头了。看起来，这家人以前生活富裕，现在却连换家具的钱都没有。

根据了解到的情况，照子完全靠房租收入维持家计，没有打算自己出去工作。她都快五十岁了，能找的工作也不多。独自抚养女

二 腐蚀与还原

儿的她肯定不能铺张浪费。

"敝公司的评估水平是业界最高的。我们绝对不会让您觉得是在贱卖自己家的房屋。"

不对客户说漂亮话,也不让客户期望太高。五百旗头认为,这样的谈话态度或许不适合销售,对终点清扫公司来说却恰如其分。

照子盯了他好一会儿,似乎在试探他的真实意图。最后,照子发出一声短短的叹息,仿佛自己也说累了。

"那就先做评估吧。结果出来后,我们再商量。"

"好的。"

正要离开饭洼家时,五百旗头在玄关被人叫住。叫他的是房东的女儿麻理子。

"刚才家母太失礼了。"她深深地鞠了一躬,五百旗头反而不好意思了,"我在隔壁房间,听到了你们的声音。"

五百旗头姑且不论,照子的声音反正特别大,听到也不奇怪。不管怎样,麻理子感到羞愧也是理所当然的。

"除了生活费,母亲还要考虑我上大学的费用,所以说话才那么难听。"

"没这回事。"

麻理子慢慢抬起头。

"有人把钱看得比生命还重要。有钱总比没钱好,钱多一点总比少一点好。这天经地义。不必为天经地义的事感到羞耻。"五百旗头接着说。

"谢谢。"

"对了,关于过世的伊根先生,你知道些什么情况吗?"

"不知道。不过,我偶尔也会请教他一两道题。"

"是这样啊……对不起,我问了一个奇怪的问题。"

走出玄关,五百旗头坐进停在外面的厢型车。副驾驶席上的香澄等得有些焦急。

"您花了不少时间呀。"

"房东坚决不让步,最多只降价一成。"

"我们连房屋的现状都没看到呢!"

"就算没看到,也能猜得八九不离十。虽说是冬天,但死后一个星期才发现。如果不是死在巨大的冷藏库里,从尸体冒出的体液就会渗入地板。但愿他没有死在下水道的正上方。"

香澄咽了一大口唾沫。有一次,香澄和白井、五百旗头三个人清扫了死者在浴室突然死亡的房屋,现场相当凄惨。尸体流出的体液顺着下水道一直流到楼下,从天花板上滴落下来。在这种情况下,从现场的地板到楼下的天花板,所有东西都必须更换,费时费力,费用也不低。不仅如此,楼下的住户还提出了损害赔偿要求,事后麻烦不断。说实话,香澄不想再遇到这样的事故房屋了。

"事故房屋是在西新宿吧。"

"是离车站几分钟路程的二手公寓。虽然有些年头,但是很方便,所以依然十分抢手。作为投资对象非常理想。她过世的丈夫眼光独到。"

二　腐蚀与还原

"再怎么方便，变成事故房屋的话就没有意义了。"

"让事故房屋重获新生也是我们的工作啊。"

安抚死去住户的灵魂是僧侣的职责，净化被死者的怨念和悔恨污染的房间则是五百旗头他们的职责。

赶往现场之前要顺道去一个地方。

五百旗头把车开往新宿警察局。他与香澄一起来到前台说明来意。之所以带香澄同行，是为了让她来混个脸熟。

在会客室等了一会儿，果然出现了一张熟悉的面孔，但对方明显有点不耐烦。

"这位就是秋广香澄小姐吧？今天你们来这儿有何贵干？"

负责伊根欣二郎案件的是强行犯组[1]的上总公次。五百旗头还在警视厅工作的时候，曾多次与他共同查案，因此他们一直保持着联系。

离开警界之后还去拜访熟悉的警察，是为了得到事故房屋租客的信息。虽然姓名等基本信息可以从物业管理员或房东处获得，但对死者的真实生活状态和发现尸体时的情况，警察了解得更详细。地方警察局的刑警曾在调查中得到过五百旗头的帮助，所以虽然不情愿，却还是会向他提供相关调查信息。

即便是老相识，也不可能轻易把机密情报泄露出去。警察能说

---

[1]　日本警察局刑事课下辖部门，负责杀人、抢劫、绑架、纵火等恶性案件的调查。

的通常只是负责跟踪报道案件的记者知道的内容，但比记者报道出来的详细得多。之所以让香澄跟自己一起露面，是为了将这一既得权利扩大到员工身上。如果不断与警察当面接触，对方就很难对香澄不理不睬。现在这个策略已经奏效，即使香澄单独来访，也有越来越多的负责人向她提供信息。

从刚才开始，上总就像是看透了五百旗头的心思一般，狐疑地盯着香澄。

"上总，前几天，在西新宿的二手公寓里发现了一个叫伊根的人的尸体吧？"

"啊，五百旗头先生承接了那个房屋的特殊清扫工作吗？"

"那边情况如何？"五百旗头问。

"当然需要特殊清扫啊。"

"很严重吧？"

"发现尸体时的状况，你已经听管理员说过了？"

"详细情况还没问。我想事先做点功课，了解一下死者的个人资料和家庭状况。"

"我说，五百旗头先生毕竟是普通市民啊。"

"成为普通市民之后，我也帮了你们很多忙吧？上总你肯定不至于想忘恩负义吧？"

"请不要说这种以恩人自居的话。"上总眯眼抗议道，那对"狐狸眼"看上去更加细长了，"不过话说回来，这个案子，警察局已经按意外死亡处理了，倒是没有多少不宜透露的信息。"

"死者还没到因为宿疾暴卒的年龄吧?"

"他四十多岁,正值壮年,创办了一家名叫'伊根崛起'的初创公司。"

"年纪轻轻就当上了社长啊。"

"好像他一直很享受单身生活。据说,他来来去去换过好几个女人了。"

"这个单身贵族怎么会孤独死呢?如果他真的同那么多女人交往过,那他失联之后,肯定会有女人直接去公寓找他呀!"

"正因为他换女人比换衣服还勤,所以更加孤立。听说他和某个女人在一起的时候,会拒接其他女人的电话。"

"真是个可恶的浑蛋。"

"只有这样的货色才受欢迎哩。"

"……这世界太可怕了。"

五百旗头瞥了眼坐在一旁的香澄,她露出一副愤愤不平的表情。如此看来,在女人眼中那家伙也不是东西。

"尸体是什么情况?"

"炖肉。一锅炖肉。"

五百旗头明白炖肉是什么意思,或许香澄也明白。

"是在浴室发现的吧?"

"好像是在洗澡时死亡的,不过他一个人住,浴缸还有反复加热功能。剩下的就不需要我多说了吧。"

在无人觉察的情况下,死者入浴时突然死亡,浴缸被反复加热，保持热度。尸体在热水中加速腐烂，肌肉和组织迅速溶解，炖成了一锅人肉汤。

"浴缸不是最新设备，无法自动停止反复加热，于是酿成了灾难。如果连续一个星期都泡在四十二摄氏度的热水里，人体会变成什么样子呢？"

"嗯，只剩下骨头了吧。"

"没办法做尸检。骨头上没有挫伤痕迹，也没有第三者侵入这个内侧上锁的房间的痕迹，因此判定为热休克死亡。隆冬一样的天气不是一直持续到上个月末吗？从冰冷的洗手间泡进四十二摄氏度的热水后，血压可能立刻产生了大幅波动。"

"伊根才四十多岁，他心脏方面有老毛病？"

"好像本来就有高血压。去年定期体检时，医生建议他限制饮食。"

"发现尸体的是谁？"

"是公司的下属和物业管理公司的负责人。伊根不是那种每天上班的经营者，只有到了关键时刻才会下达指示。据说他把自己家当成了办公室，开会也是线上的。但他一连好多天都不接电话，不回邮件，不管怎么说都太奇怪了，于是他的一个下属直接去了公寓。"

"多亏此人觉察到异样啊。"

"已经有征兆表明出事了。"上总露出一副极近距离闻到恶臭的表情，"聚积在浴室里的腐败气味从下水道扩散到其他楼层，住

二 腐蚀与还原

户纷纷向物业管理公司投诉。"

这种事其实屡见不鲜。人类的腐烂气味比污泥还要刺鼻，哪怕只有一点点，也会很难闻。使用浴室干燥机时，臭味会更加明显。湿漉漉的衣服若被下水道传出的腐烂气味渗透，会变得臭不可闻。沾染在纤维上的腐烂气味，无论洗多少次，用什么除臭剂，都无法彻底消除，最终只能把衣服扔掉。

"听到许多天都联系不上伊根，物业管理公司的负责人立刻意识到不对劲。他带着备用钥匙赶到现场，和伊根的下属一起发现了尸体。"

"你说没办法做尸检？"

"肌肉自不必说，连胃里的东西都溶解了，也无法推定具体死亡时间。不过，因为热水器记录了洗澡水第一次烧好的时间，我们猜测死亡时间是十月二十七日晚上八点左右。"

"不是在人类的守护下，而是在机器的见证下死亡？真是让人不寒而栗啊。"

上总微微点头，以示赞同。

"伊根没有家人吗？"

"没有。他父母早就过世了。好像有远房亲戚，不过领走骨灰的是房东。"

这有点出乎意料。莫非照子也同情这位租客？从她坚决不肯降价的样子倒是看不出她有这样一面，但也许是五百旗头看人的眼光不够成熟吧。

063

走出新宿警察局的正门时，香澄已经一脸忧郁。

"听说死者死在浴缸里，你吓得脚都软了吧，秋广小姐？"

"先前也清扫过死者死在浴室的现场，但死在浴缸里的还是第一次遇到。听刚才那位刑警的描述，光是想象一下就有点……"

的确，放有热水的浴缸中的死者，这个题材虽然恶心，但也能激发人的想象力。像他们这样以特殊清扫为生的人，更能想象出真实的状况。

既然警察已经收走了尸体，现场就没什么好担心的——这样的想法，只是没有亲眼见过事故房屋的外行人的胡说八道。没有尸体并不一定意味着万事大吉。虽说是浴室，也不是什么东西都可以冲走。不，根据五百旗头的经验，死者死在浴缸里的事故房屋，在惨状这一点上应该是数一数二的。

特殊清扫时要特别注意体液的处理。浸透体液的建筑材料只能报废。换句话说，流出的体液量决定了特殊清扫或材料更换的范围。

在浴缸里死亡意味着所有的热水都会变质成体液。因此，绝大多数建材都需要考虑清扫和更换。香澄担心的恐怕就是这一点。

还有一点，体液越多就越容易附着在清扫员身上。不仅臭味难以去除，而且感染的概率也会增加。

五百旗头考虑得十分周全。得知租客死在浴室这一事实之后，他已经做好了最坏的打算，准备好了全套装备。现在需要的只是香澄的决心。

二　腐蚀与还原

"别怪我说话不好听，俗话说百闻不如一见，与其胡思乱想怕得要死，还不如亲身去现场体验一下，那样反而来得痛快。"

"这话确实有点不好听。"香澄脸上没有一丝笑容，"我正在认真考虑这次要不要把头发剪短呢。"

"你失恋了吗？"

"不是的。因为从事特殊清扫行业，每件工作完成后都要洗三次头才能去掉臭味。"

原来是这个意思，五百旗头明白了。他记得在法医学研究室工作的熟人也说过类似的话。

人的尸臭乃是臭中之王，而且比任何臭味都更黏稠、更持久。即使穿着防护服，从头到脚防护齐全，头发也很容易沾上臭味，甚至五百旗头自己也考虑过剃光头。香澄是长发，情况更糟。光是想象一下不小心将手脚伸进充满体液的浴缸里的情形，就肯定会吓得拔腿便跑。

"最简单的办法就是剃个光头。"

"我觉得这不适合我。"

"再说句不好听的话，任何工作都是有风险的，薪水就相当于对这种风险的补偿。"

"我明白了。"

不一会儿，两人乘坐的厢型车到达了西新宿的现场。虽说是二手公寓，却只有十年左右的房龄，没有特别老旧的感觉。这里离西新宿车站很近，由此可知伊根选这里作为栖身之所的理由。

十二层建筑的十一楼，1105号房间就是他们此行的目的地。在这样高的楼层进行特殊清扫，需要格外重视对其他住户的照顾。穿着防护服乘坐电梯上上下下很可能会散播病菌，所以要在事故房屋前多次更换衣服。虽然必须提前将工具和补给用的饮用水运上楼，费时费力，但为了兼顾自身安全和邻居利益，只能如此行事。

五百旗头和香澄在电梯内看起来像搬家公司的工人，在房间前看起来像保健所员工。很少有人能看穿他们是特殊清扫人员吧。

"幸亏现在这个季节有点冷了。"香澄一边穿上防护服一边感慨道。

这次工作采取C级防护，另加一些额外措施。C级必备装备包括：化学防护服（防止悬浮固体粉尘和雾气的密闭服）、化学品防护手套（外层手套）、长靴、自给式空气呼吸器、氧气呼吸器或防毒面具，此外还穿着尼龙内衣，双重防御体液接触皮肤。

"这套沉重的装备，夏天穿五分钟就会汗流浃背吧！"

"冬天十五分钟也会汗流浃背。"

"比沾染臭味好多了。"

穿戴好装备之后，终于要亲临现场了。用从物业管理公司借来的钥匙打开门的瞬间，一股不祥的气息扑面而来。

防毒面具和防护服把全身上下包裹得严严实实，他们其实感觉不到臭气、湿气和温度。但五百旗头只能用"不祥"来形容那股气息。虽然不是真心相信灵魂之类的东西，但他认为，在孤独中死去的人的住所中显然残留着某种意念。走进房间的刹那，他便感到

二　腐蚀与还原

一种沉重凝滞的东西压上双肩，罪恶感爬上心头，仿佛触犯了某种禁忌。

不知是幸运还是不幸，香澄和白井似乎没有这种感觉，即使在现场感到不舒服，他们也不会露出害怕的表情。但这并不意味着五百旗头就迷信，而可能是体质和经验所致。

当年在搜查一课，每每来到发现尸体的现场，五百旗头就有这种感觉。就算尸体被搬出去了，他的背脊还是会感到阵阵恶寒。即使不知道那里有尸体，也会有同样的经历，所以那绝不是错觉。虽然不是灵媒，五百旗头却具有接收含冤而死者的意念的能力。

当然，这种能力并非五百旗头所独有，在犯罪现场来来去去的调查员似乎多多少少也具备。因为他与搜查一课的同事聊天时，也听对方说自己有类似的经历。

伊根建立了初创公司，曾与多名女性交往。这位在旁人眼中堪称单身贵族的年轻社长，临死时究竟抱着怎样的怨恨和懊悔呢？

房间布局是三室一厅，作为单身男子的住所简直是奢侈。家具都是高档货，可见伊根收入极高。地板上有一条呈直线的黑色飞沫痕迹。

"五百旗头，这是……"

"这是警察搬走尸体时留下的痕迹。他们应该铺设了专用的步行带，但做事不够细心。"

五百旗头漫不经心地扫视四周，发现鉴定人员留下了采集证据的痕迹。警察大体调查过后，似乎做出了非刑事案件的判断。垃圾桶里的东西已经被鉴定人员捡走了，什么都没剩下。

"死者的体液只污染了浴室，还没有侵入客厅和卧室，这至少算是一点安慰吧。"

"清扫范围仅限于浴室，所以您觉得我们两个人就够了？"

"白井君还必须单独完成其他任务嘛。"

五百旗头并没有说想让香澄也体验一下惨烈的现场。

顺着黑色的飞沫痕迹，两人果然来到了浴室。为慎重起见，五百旗头首先打开洗手间的柜子，发现剃须刀、须后水、美发膏和化妆水一应俱全。

"打扰了。"不知道跟谁打了声招呼，五百旗头推开了门。

不出所料，现场惨不忍睹。

盛满浴缸的液体表面呈黑色凝胶状。遗体在浴缸中分解，溶解的肌肉、组织和器官迅速腐烂变色。鉴定人员似乎想要捞起一部分尸体，清洗区和墙壁上也粘着油漆一样的黑色液体。

虽然肉眼只能看到体液，但体液里应该充斥着病原菌与各种害虫。如果不将它们清除干净，特殊清扫就没有意义。

"首先去除污染源吧。"

五百旗头取出从百元店购买的捕虫网。浴缸内的液体表面漂浮着固体物质，经过反复试验，发现用捕虫网捞取最方便快捷。

"五百旗头先生，这些固体物质是什么？"

"脂肪。"

"脂肪？"

二　腐蚀与还原

"从尸体中溶解出来的脂肪已经凝固。对了，家系拉面[1]上不是漂浮着背脂[2]之类的东西吗？跟那个一样。"

话一出口，五百旗头就后悔了。这下子，香澄几个星期都吃不下家系拉面了。

"凝胶状表面起到了盖子的作用。一捞起来就会喷出难闻的臭味，请务必小心。"

捞起固体物质的一瞬，伴随着噗的一声，一股白色气体泄漏出来。如果没有戴防毒面具，一定会当场昏死过去。他们将捞起来的固体物质一块不剩地扔进塑料桶。绝不能让固体物质和腐败液流入下水道。剥落的皮肤、体液和排泄物粘在下水道里变干后，不仅会堵塞下水道，还会在整栋楼里散发出更多的恶臭。此外，如果腐败物质进入下水道深处，清除会非常困难，最终不得不花费巨额费用。

"这些都得靠人工运走吗？"

"嗯。用真空吸污车会更方便，不过这里是十一楼，没法用车。只能一个桶一个桶地搬。"

他们准备了十个带盖子的十升塑料桶，打算用推车运走，只是每次只能搬几个。

臭气应该是无色透明的，但不知为何，腐败液中散发出来的臭气看起来仿佛染成了红黑色，马上就要穿透面具，侵入鼻腔。这样的恐惧始终在心头挥之不去。

---

[1] 起源于横滨"吉村家"的拉面店铺群提供的猪骨酱油拉面。
[2] 猪里脊肉上侧的脂肪。

去除凝固的油脂后，发现了一团头发。尸体腐烂到连头皮也剥落了，可以大致猜出死者当时的发型。香澄显然吃了一惊，停下了回收腐败物质的手。

她似乎与恐惧搏斗了一阵子，然后下决心捞起一束头发。

"人啊，死了以后就会变成这样的零件吧。"她自言自语道，语气十分悲伤。

五百旗头和香澄小心翼翼地将腐败液舀进塑料桶。除了腐烂的肉体，排泄物也凝固了，需要用手抓起来扔掉。

把固体物质和腐败液几乎全部转移到塑料桶，接下来擦拭浴缸内侧。使用过的毛巾在作业后全部丢弃。擦拭后用专用药剂进行杀菌和除臭。如果不彻底根除臭味来源，即便使用臭氧除臭机也没有意义。

放在搁架上的洗发水等用品将全部回收。这种现场里的物品上，大部分都布满了肉眼不可见的病原菌。

清空浴缸并移除所有物品后，终于消除了尸体的痕迹。最后，对整个浴室进行杀菌和除臭，第一阶段的工作就结束了。至于已经清洁过的浴缸是继续使用还是废弃，就交给照子决定吧。

第二阶段是处理腐败液，以及清洁中使用过的捕虫网和毛巾。所有附着体液的废弃物都具有传染性，不能和其他垃圾混在一起。将这些危险物品放入专用容器，严严实实地盖上盖子，然后搬到走廊上。该专用容器将被运到垃圾处理厂的指定地点，与危险物品一并进行焚烧处理。如此彻底的处理是为了防止二次感染、三次感染，这也是法令的规定。

将专用容器暂时放在玄关，两人开始精心擦拭星星点点的黑色飞沫痕迹。解决了根本问题，处理细枝末节就容易多了。

五百旗头和香澄脱下防毒面具和防护服，与专用容器一起用蓝布严严实实地罩起来。不可思议的是，如此一来，别人也不敢接近了。

搬运装有腐败液的塑料桶和专用容器往返了四次，香澄累得筋疲力尽。

"确实很辛苦吧？"

"身体上倒没那么疲惫。"

就是说，疲劳的其实是精神吧。的确，接触到了迄今在现场从未见识过的东西，精神疲劳也在所难免。

"说实话，我一踏进浴室就想吐，但我还是拼命忍住了。"

"能忍住就很了不起了。"

五百旗头希望这次任务没有白费力气，否则让香澄跟着来不就没有意义了吗？

"对了，秋广小姐，虽然这次任务是专门针对浴室的特殊清扫，但你看到其他房间，有没有觉得哪里奇怪？"

"哪里奇怪？确实有几个地方不对劲。"

"说说看。"

"五百旗头先生应该也看到了，洗手间的架子上，除了美发膏，还放了几瓶化妆水。那些化妆水是女人用的。"

这一点五百旗头也心知肚明。

"经过厨房时,我看见餐具柜旁边摆着调味料,里面还有意大利香醋和肉桂糖。"

"这有什么好奇怪的?"

"那种时髦调味料是烹饪爱好者的必备品。但是,厨房的角落里有一个空的杯装炒面纸箱。这箱杯装炒面肯定是租客买的,但一个烹饪爱好者怎么会买一箱杯装炒面呢?"

"确实有点自相矛盾。那秋广小姐得出了什么结论呢?"

"谈不上什么结论,如果他同多名女性交往过的话,这些情况就说得通了。租客本人从来不做饭,但他交往的女性中有人喜欢做饭。化妆水也一样。那个房间里住过的女性越多,女性的洗脸用品自然就越多。警察可能扣押了一些东西,但其中想必也有洗脸用品和其他女性用品。"

"既然说得通,你又觉得哪里不对劲呢?"

"总觉得哪里有点别扭。"香澄似乎在苦苦寻找符合自己想法的词语,"租客有没有向每个女性坦白自己是个花花公子?化妆水也好,时尚调味料也罢,不管是想隐藏还是想炫耀,做得似乎都有些潦草。如果想隐藏,化妆水和时尚调味料就应该放在看不到的地方;如果想炫耀,就应该将其他女友留下的换洗衣服、梳子和牙刷摆在显眼的地方才对。"

"那么,秋广小姐,你觉得租客为什么会处理得这么潦草呢?"

"有人突然来访,要是让那人知道自己脚踏几条船就麻烦了,于是连忙掩饰,想让那人看不见其他女人住过的迹象,但因为过于

二　腐蚀与还原

慌张，所以没有收拾妥当。"

香澄简直就像是在讲故事，五百旗头听了不由得苦笑。"推断得像模像样的嘛。你可以当个优秀刑警了。"

"不要。"

"你否定得真干脆啊。"

"光是清理死者留下的这个烂摊子都这么辛苦了。"

回到事务所的五百旗头写完给照子的账单后，便给上总打了电话。

"我们刚刚清扫完事故房屋。"

"辛苦了！"

"浴缸的特殊清扫，不管做多少次都不习惯啊。"

"我们警察也一样。有个家伙一到现场就差点儿吐了。"

"不光是浴室，客厅和卧室鉴定人员也进去调查过了。"

"判定为意外死亡之前，通常都要进行这样的调查。"

"我看过现场，发现许多可疑之处。"

"五百旗头先生，"上总的语气带着警惕的意味，"我之前也说过了，五百旗头先生已经是普通市民了，请不要参与犯罪调查了。"

"不是犯罪调查，只是收集计算清扫费用所需的信息罢了。鉴定人员已经翻找过垃圾桶了吧，有没有发现什么怀疑不是意外死亡的证据？"

"如果真有那种东西，就不会判断是意外死亡了。你到底把我们警察局当成什么啦？"

073

在新宿警察局管辖范围内，当地的黑社会自不必说，连"半堕团"[1]和黑手党也参与了争斗，纠纷不断。因此，在警视厅管辖范围内，新宿警察局的案件发生量也是最多的。对非刑事案件，分配不了多少警力自然在所难免。

"我觉得你们长期人手不足，实在太辛苦了。如果我搜集的信息对你们新宿警察局有帮助的话，那就太好了。"

一时间，两人都陷入了沉默。上总似乎正在权衡这个提议。

"五百旗头先生，你是真心想帮我们？"

"至少到目前为止，我还没给警察带来过任何不利影响。"

"这倒是没错。"

上总语气中警惕的意味减轻了。五百旗头知道要追问案情的话，现在就是良机。

"你说伊根欣二郎来来去去换过好几个女人了？这消息是从哪里得到的？"

"是伊根的下属，也是第一个发现尸体的人说的。"

"哦，他风流成性，在公司里也臭名昭著啊？"

"不是，因为他交往的女人都是他的下属。而且，那个发现尸体的人就是其中之一。"

五百旗头惊得目瞪口呆。

---

[1] 日本最近新兴的不属于有组织犯罪集团的反社会势力。

二　腐蚀与还原

2

伊根的公司位于新宿区荒木町的一角。五百旗头事先得知他们的办公室设在一座商业办公楼中，但见到这座看似平成[1]初期建造的古老建筑时，还是觉得有点意外，不过意外的感觉并未持续太久，一踏进七楼的办公室，印象就完全改变了。内部装饰色调和谐，背景音乐节奏舒缓，即便是初次来访的五百旗头也心情放松下来。办公室本身并不大，但家具摆放得十分巧妙，不会让人有拥挤之感。

五百旗头向坐在离入口最近的员工说明了来意，后者垂下视线，犹豫了片刻，然后带五百旗头进入了会客室。

等了几分钟，便看见一个三十多岁的女人。

"我是秘书滨谷智美。"

与其说她是职业女性，不如说是一位专注于日程管理的幕后工作者。她低垂着眼睛，迟迟不肯看五百旗头的脸。

"衷心感谢您打扫了社长家。这样一来，逝者也可以安息了。"

"这样一来"这句话表明她知道房间里的惨状。

"听说滨谷小姐是第一个发现尸体的人，对吗？"

听到对方如此直截了当地发问，滨谷智美似乎想起了当时的情景，露出恶心想吐的表情。

"我在公司里一直充当社长的助手，想必是冥冥之中的缘分使

---

[1]　日本第125代天皇明仁使用的年号。自1989年1月8日明仁继位开始使用，至2019年4月30日明仁退位结束。

然吧。"

"说到缘分，你们私底下应该也缘分匪浅吧。"

智美立刻恶狠狠地瞪向五百旗头。"这是我们的私事，和你们终点清扫公司的业务有什么关系？"

"听说过世的伊根先生没有家人。"

"是的。他父母都过世了，他本人是独生子。"

"我们正为此伤脑筋呀。"五百旗头很为难似的挠了挠头，"敝公司除了特殊清扫，也承接遗物整理工作。我们正在发愁，不知该把伊根先生的遗物分配给谁。"

"遗物分配吗？我觉得伊根社长对名牌不感兴趣，应该没留下什么贵重物品吧！"

"虽然您在公司里一直充当社长的助手，但他的私生活就另当别论了。您应该也不知道他拥有什么资产吧？"

智美懊恼地咬着嘴唇不再作声。

"我听说'伊根崛起'是一家初创公司，你们具体是开发什么产品的呢？"

"与其说是产品开发，不如说是方案策划。近年来，我们策划了利用无人机进行全新广告宣传的方案。"

"想让那玩意儿飞起来可不容易，似乎要得到土地所有者和管理者的同意。我记得，道路交通法也有限制吧。"

"您了解得非常清楚嘛。不过，我们公司策划方案的应用场景相当广泛，甚至包括在大型活动和演唱会会场尝试利用无人机进行表演。"

据她介绍，这家公司好像是想利用无人机让巨大的鲸鱼纸糊模型飘浮在会场上空，或者在空中呈现巨型立体广告。这的确是有效利用无人机这一现成利器的划时代创意，不得不令人钦佩。

"多亏各方支持，公司业绩不断提高，经常性净利润年年攀升。员工自然也享受到了利润增长的红利，基本工资每年都有上涨。"她继续道。

"那太棒了。"

"当然，伊根社长的薪酬也在逐年递增。尽管如此，社长依然没有买名牌，也没有买房子，而是把钱全花在了吃喝玩乐上。"

"他奉行的是'今朝有酒今朝醉，千金散去还复来'的人生原则吧？"

"他说自己是个彻头彻尾的享乐主义者。"

"这种享乐主义中也包含了男女关系吧？"

"我不否认。这一点我也告诉警方了。"

"您也和伊根先生交往过吧？"

智美瞪了五百旗头一眼，但很快就怨气满腹地叹了一口气。"我们之间根本不能说有过交往。"

"您不喜欢他吗？"

"怎么可能？那是一种被迫的关系。"一打开话匣子，智美就变得激动起来，"我的工作是秘书，整天都同伊根社长在一起。初创公司都是这样，员工数量很少，每个人必须承担的工作量很大。

于是，平日里加班和周末工作变得理所当然，同社长在一起的时间也增加了。"

"待在一起的时间长了，发展成男女关系也不奇怪吧！"

"不是那样的。"智美加重了语气，"我只是所谓的工具而已。"

"您这也太妄自菲薄了吧。"

"这不是妄自菲薄，而是直言不讳。身为社长，必须向客户和员工展示自己的杰出才能和敦厚品质。事实上，社长虽然很有才，却绝非敦厚之人。"智美的证词逐渐恶毒起来，"外表越是光鲜亮丽，内里就越是扭曲压抑。"

"您总是在他身边，他便把压力都发泄到您身上？"

"我知道社长也同其他员工有染。我们之间不是甜蜜的男女关系，他只是利用职权对我实施霸凌罢了。他是这么说的：'接待客户让我筋疲力尽，现在轮到你来服侍我了。如果你不服从命令，我就让你从秘书变回销售员。'"

"面对如此明目张胆的职场霸凌，您应该有很多办法拒绝吧。"

"一天到晚同那样的人待在一起，你的常识和道德会逐渐麻木。你会认为社长的话就是金科玉律，反抗就是离经叛道。我知道，具备正常判断力的人会觉得这种想法很奇怪。对局外人来说，这确实有点不可思议。"

"您去过伊根先生家吗？"

"我经常因为加班错过末班电车。"

"您希望得到伊根先生的遗物吗？"

二　腐蚀与还原

智美沉思片刻，慢慢抬起头。"其实我并不想要社长的遗物，但我又觉得自己有权利要，这听上去挺矛盾的。"

"我觉得并不矛盾。"

爱恨情仇与利益得失是两码事，但五百旗头并未说出口。

"审问到此结束了吗？"

"说审问可不敢当。只是为了分配遗物，走走形式，提几个问题罢了。"

"既然您来找我，接下来想必还会去问其他女员工同样的问题吧？"

"您能猜到我的用意，真是太好了。"

"我让她们轮流来见您。请稍等。"

下一个出现的是一位看起来快三十岁的性感女郎。

"您好，我是公关部的石田未莉。"和智美完全不同，这个女人从打招呼开始就非常热情，"听说您打扫了伊根社长的房间，真是太感谢了。"

"您知道我为什么要找您吧。"

"您是要找同社长私交深厚的人，问他们是否愿意接受遗物。我想首先明确表示，我主动举手。"未莉言行一致，当场举手，"说起来，我认为在给我遗物之前，应该先支付赔偿金。"

"赔偿金是怎么回事？"

"我不想说死去上司的坏话，但我曾经遭受过他的性骚扰。"

职场霸凌之后是性骚扰吗？

"这位先生，大家是如何评价伊根社长的，您也有所耳闻吧？"

"他向客户和员工展示了自己的杰出才能和敦厚品质。"

"啊，这是秘书滨谷小姐给您讲的吧？可社长那个人啊，虽然很有才，却并不敦厚。他在员工当中颇受欢迎，大家都觉得他是个性情温和的好色大叔。"

"这是公开的说法？"

"员工经常称他为'小欣'。因为他不摆架子，和蔼可亲，所以很讨人喜欢。即使被叫作'小欣'他也不生气，反倒很高兴。"

"深受员工喜爱的社长会搞性骚扰？"

"他会说什么'人的下半身也有性格'，然后借口要给公关部委派工作或者下达指示，跑来同我们接触。啊，这里的'接触'就是字面意义上的'接触'。"

"听说石田小姐和伊根先生交往过，是真的吗？"

"'交往'这个说法并不恰当。应该说是'持续性骚扰之下的被迫交往'。"

"您没想过抗议吗？"

"薪水很高，而且我们公司的氛围也不容普通员工拒绝老板。我们公司既没有工会，也没有员工咨询窗口之类的时髦玩意儿。"

未莉揭露了自己遭受的不公正待遇，但她也坦率承认自己并非没有私心。

"我没有控告伊根社长的另一个原因是，我每次都能从他那里拿到一笔钱。"

"您当时一定很生气吧？"

"我是很生气。但那毕竟是'小欣'呀，我对他真的恨不起来。所以我觉得，我这样的人才有资格接受遗物。"

"可您遭到性骚扰了呀！"

"虽然性骚扰本身是令人不快的行为，不应该被原谅。但作为一个人，伊根社长却有着令人难以抗拒的魅力。不是有句老话叫'自古英雄多好色（英雄难过美人关）'吗？就是这个意思。"

听到未莉这番话，五百旗头很想立刻斥责她，指出助纣为虐的正是她自己。

"听说您也在伊根先生家住过几次。"

"但我忘记到底有几次了。"

"我想提一个问题，作为分配遗物时的依据。请问，伊根先生家里有没有贵重物品？"

"嗯，他对名牌完全不感兴趣。手表是国产的，西装也都是成衣。啊，墙上装饰着石版画，那可能是相当值钱的东西。"

伊根的房间里确实有贵重物品，但不是石版画。

是酒。

这是从检查过现场的上总那里听来的。餐厅角落里的家用酒柜里陈列的葡萄酒，大部分都是高端奢侈品，其中甚至摆放着三百万日元一瓶的1959年产的唐·培里侬香槟。然而，智美和未莉刚才的谈话中都没有提到葡萄酒。她们是压根儿没听伊根说过，还是故意在五百旗头面前保持沉默呢？

"再怎么是好人，肚脐以下也是另一个人。这个道理，我是从'小欣'那里学来的。"

"学费很贵吗？"

未莉沉思片刻，然后缓缓摇头。"还不知道呢。"

第三个女人走进会客室，神情十分沮丧。

"我是销售部的矢野贵子。这次承蒙您清扫伊根社长的房间，真是太感谢了。"她深鞠一躬，那样子俨然是逝者的亲属。"听说您这次来是为了分配社长遗物的事。"

"是的。我想听听有资格接受遗物者的意见。"

"实在谈不上什么意见，我只能说，伊根社长是个了不起的人。"

"是作为初创公司的老板，还是作为伊根欣二郎个人？"

"两者都是。"她毫不犹豫地给出了回答，"虽然是创业者，他却从不骄傲自大，总是轻松随和地与我们每一个销售员谈话。他从不考虑积累财富，只要盈利就会回馈给员工。"

"原来如此。那么，您觉得他是怎样一个异性呢？"

"他没有私心，也没有物欲，是一个了不起的男人。"

对已经过世的伊根如此不吝溢美之词，是依然对他一往情深的缘故吧。虽然同为伊根的交往对象，贵子对伊根的评价却远远高出智美和未莉。

"听说您和伊根先生交往过。"

"这在公司里是公开的秘密。除了我,秘书滨谷小姐和公关部的石田小姐也一样。"

"脚踏三条船的男人很迷人吗?"

"滨谷小姐和石田小姐都只是玩伴罢了。如果只是玩伴的话,不管有多少人都无所谓吧?"

居然有人这样认为。

五百旗头突然想到一个刻薄的问题。"恕我冒昧,矢野小姐您是否确信自己不是玩伴呢?"

"我和她们俩不一样。"贵子斩钉截铁地说。

但愿她没有眼花看错吧,五百旗头心中暗想,尽管这种担心有点多余。

"滨谷小姐和石田小姐都是小欣……都是伊根社长满足性欲的工具。而我和社长有精神上的纽带。"

贵子的语气听上去自信满满,五百旗头对自己如此盘问对方渐渐感到于心不忍。即便进入社会,也依然有人在现实与梦想的夹缝中徘徊。虽说每个人的生活方式各有不同,别人无权干涉,但大家不久就会发现,梦想的光芒很难照进残酷的现实。

"您认为自己适合接受遗物吗?"

"伊根社长没有家人,但是现在有我。我可以向您保证,我是他血亲之外最亲的人。所以,我当然希望得到遗物。"

"您和伊根先生有什么约定吗?比如说订婚证明之类的。"

"没有。"贵子再次沮丧起来,"我也不是很着急。我每周总是在固定的一天跟他吃饭，然后在房间里过夜。我一直认为只要多约会，就会自然走到谈婚论嫁那一步。我没想到社长会以那种方式过世，所以有点后悔。"

"说到遗物分配的事，您想得到什么特定的物品吗？"

"只要是那个人穿戴过的东西，衣服也好，戒指也好，小饰品也好，什么都可以。"

"说不定还有其他值钱的物品呢。"

"我没打算拿这些东西换钱。只要能让我感觉到那个人的体温，就算是骨头我也要。"

"很遗憾，骨灰已经被公寓房东领走了。"

"真是太遗憾了。发现尸体后一眨眼工夫就火化了，我根本来不及提出来。"贵子像是想起什么似的，哽咽起来。"小欣……社长死的时候，身边一个人都没有，对吧？"

"根据警方的判断，他死于热休克，类似心脏病突发，应该没有感到太大的痛苦。"

"但这改变不了他孤零零死去、身边没有人照看的事实。而且，他死后直到被发现，都一直泡在浴缸里。那肯定很烫、很痛苦吧。一想到社长的感受，我就又气愤又伤心。"

说完不久，贵子就捂着脸，嘤嘤抽泣起来。

对哀痛场面习以为常的五百旗头一边俯视着贵子的头，一边回顾伊根的生前种种。伊根将自己打扮成好人的模样，接二连三地玩弄公司里的女性。不知是出于爱好还是为了投资，他还乐此不疲地收集大量高档葡萄酒。他每日沉迷酒色之中，正如他本人告诉智美的那样，是个彻头彻尾的享乐主义者。作为男人，能在热水浴缸里"仙逝"，岂不是享尽了男人的清福？

"请问……"

听到贵子的声音，五百旗头回过神来。

"可以的话，能不能把社长用过的手机分给我呢？上面肯定留有他和我的通信记录，这将成为我最珍贵的回忆。"

手机被上总他们暂时扣押了，一旦警方做出非刑事案件的判断，应该就会归还。不过，伊根和贵子以外的女人的通信记录说不定也留在手机上，能否成为贵子的甜蜜回忆还是个微妙的问题。

"我去试试看。"

3

第二天，五百旗头去新宿警察局拜访上总。

"我手头有很多案子要处理呢。"

"我知道。"

"你不惜占用我的宝贵时间也要见我，一定会告诉我一些对警方来说很有意义的事情吧？"

"我不会让你吃亏的。"

听五百旗头如此回答，上总才坐到了会客室的椅子上。

五百旗头说明了已故的伊根欣二郎在公司内的口碑，以及和三名女性交往的经过。听到这些，上总脸庞扭曲，露出懊恼的表情。

"我们只讯问了秘书滨谷智美一个人。没想到伊根还有职场霸凌和性骚扰的行为。"

"可能是因为初创公司员工不多，像个大家庭一样吧。家庭内的纠纷不容易泄露出去。"

"的确如此。但是，五百旗头先生，就算有这种情况，伊根欣二郎是意外死亡的事实也不会动摇。"

"这可说不定。"

"请不要故弄玄虚。"

"我并不是想让你不安。只是看过现场之后，我总觉得哪里不对劲。"

"具体哪里不对劲？"

"还说不上来。"

"也就是说没有根据喽？"

"虽然没有根据，但勘查过现场的一课刑警应该也会觉得有问题。就是这种说不清、道不明的违和感，你明白吗？"

在职刑警上总一脸不悦，沉默不语。

"所以，我想看看你们从伊根房间里扣押的物品的清单。"

"给你看清单，对新宿警察局有什么好处？"

"我们曾经一起工作过，你应该知道我的违和感没那么廉价吧。"

"这倒是。"

二　腐蚀与还原

"起初被判定为意外死亡的案件,后来又被证明是刑事案件,整个推倒重来。在这样的情况下,办案刑警是否事前提出过质疑,会影响他们最后受到的评判,你不觉得吗?"

"要是你没查出个所以然来,会给我带来什么坏处?"

"既然已经按照意外死亡来处理了,就算我一无所获也不会给任何人带来麻烦。本来就没人把这案子当回事嘛。"

上总默默退了出去。不一会儿,他拿着一个文件袋回来了。

"这东西,我只给五百旗头先生你看。"说着,他就把文件扔到桌上,"不要泄露出去。"

"当然。"

文件袋里包含鉴定结果和扣押物品清单。除了伊根本人留下的痕迹之外,现场还有数种不明毛发、指纹和鞋印。这些肯定是曾经在他房间过夜的女人留下的。

但在浴室内没有采集到非伊根本人的毛发和体液。这也是判断他热休克意外死亡的依据之一。

垃圾桶里没有什么值得关注的东西。只有几本专门介绍无人机的科学杂志、几份经济报纸,还有一些杯装炒面的纸杯和一次性筷子。

"明明存放着珍贵的调味料,却还是买了一箱杯面。伊根自己根本不会做饭,这种事应该是让同他交往的女人做的。"

"他的手机在现场吗?"

"放在厨房桌子上。虽然有密码,但鉴定人员努力破解了密

087

码，检查了里面的信息。手机邮箱里保存的邮件大部分是客户和员工的。查看了通信记录，但没有发现可疑之处。秘书滨谷智美、公关部的石田未莉、销售部的矢野贵子的若干极其私密的邮件也在其中，但考虑到伊根放荡不羁的品行，这也并非不可理解。"

听着上总的说明，五百旗头将视线投向没收物品清单。

他觉得有些奇怪。

如果伊根在那个房间住过，那里就必然会有某种东西，但那东西没有列在清单上。无论看多少遍，结果都是一样。

"检查完之后，那部手机怎么处理了？"

"应该在公寓房东手上。本来是应该归还给家属的，但伊根没有亲人。我们只能把它交给认领骨灰的人。"

"关于伊根，有一点我觉得比较奇怪。就是他的名字'欣二郎'。伊根没有兄弟。虽说如今起名并不一定要遵守规则，但一般来说，'二郎'这个名字不是给次子取的吗？"

"他其实是有兄弟的。"上总皱着眉说，"为了寻找可以领走骨灰的人，我们还调查了伊根的户籍，于是发现了这个事实。一切都要从四十年前说起。"

上总娓娓道来。

昭和五十五年六月，当时的浦和警察局接到一个少年报警，称他七岁的哥哥躺在地上没有呼吸了。

通信指令课的接线员告诉他，这种情况下应该拨打119，而不是110，但还是通知最近派出所的警察紧急赶往现场。结果证明少年所言不虚，因为倒在公寓房间里的伊根桂一郎已经断气了，而且全身布满瘀伤。

警方带走了伊根的母亲伊根季实子及其同居者泽村诚治。经过审问，泽村供述自己经常虐待桂一郎，当场被捕。与此同时，母亲季实子也作为纵容泽村暴力行为的共犯遭到逮捕。

伊根季实子是单亲妈妈，和在工作场所认识的泽村成了恋人，从案发前一年开始同居。泽村对桂一郎的暴力行为在那之后不久就开始了。

对桂一郎来说，把突然闯进家里的男人称为父亲是很不情愿的，自然对泽村产生了反抗心理。于是，泽村以"管教"为名对桂一郎展开了虐待。

报警时年仅五岁的欣二郎被送回母亲老家。被判处有期徒刑的季实子在服刑的监狱病死，欣二郎成了孤儿。高中毕业后，他离开了母亲老家，过着怎样的人生也不得而知。

"那个举目无亲的男人迅速崭露头角，开办了创业公司啊。"

"可能和母亲家族关系也不太好吧，他的远房亲戚都拒绝领走骨灰。"

难怪伊根会沉迷酒色。

五岁刚开始懂事的时候，他目睹了家人毫无羞耻地虐待哥哥。本应是唯一庇护者的母亲也站在了虐待者一边，但身为五岁的孩童，他无能为力。恐怕他曾遭到严厉警告，不准将哥哥的死因告诉任何人。可以想象，他做出报警的决定需要相当大的勇气。

至于欣二郎报警后的经历，只要稍加想象便不难猜到，那孩子的内心承受了巨大的痛苦。童年如此悲惨的少年对"家庭"产生怀疑，成为享乐主义者，也是在所难免的吧。

"孤独地活着的男人，最终也在孤独中死去了啊。"

"怎么？你也太多愁善感了吧。"

"我可没有沉浸在感伤之中。谢谢你给我看这个。"把文件袋退回去的时候，五百旗头没有忘记给上总打预防针。"说不定，这个案子会被推倒重来呢。"

五百旗头离开新宿警察局，直接前往饭注家。

"您是说伊根先生的手机吗？嗯，确实是我在保管。"听照子的口气，保管手机似乎并非出自她本意。"骨灰嘛，伊根先生有时也辅导麻理子学习，我是考虑到这份恩情才领走骨灰的。不过说实话，我不是很想接收手机。毕竟，手机里应该存储了那个人的所有隐私。这样一想，我就觉得有点……嗯。"

"我明白您的意思。不仅是死者的交友关系，他常去的店铺、所有的兴趣爱好、自拍，甚至更加私密的生活信息，这些也全被保存了下来。正因为如此，手机才是一件重要的遗物。"

五百旗头告诉照子，在与伊根先生有关的人员当中，有人希望得到包括骨灰在内的遗物。照子露出如释重负的表情。

"啊，那真是太好了。遗物肯定还是送给想要的人更好。"

"您看过里面的东西了吗？"

二　腐蚀与还原

"当然没有。"照子伸出双手否定道,"我可没兴趣偷窥别人的隐私。我不喜欢那样。"

"饭洼小姐,您偶尔也能喝点酒吧?"

"不行,完全不行。我向来没有酒量,喝甜酒都会醉。"

如果告诉照子,伊根收藏的葡萄酒都价值不菲,她会有什么反应呢?

手机的外壳完好无损,也可以顺利启动。五百旗头用上总告诉他的密码打开手机。他查看了通话记录和图片列表,正如上总所说,并没有什么出人意表的发现。

"饭洼女士,您和伊根先生谈过话吗?"

"我的女儿会向他请教学习方面的问题,所以见面时会说声谢谢。"

"有没有聊过私人话题?"

"完全没有。一向只是打个招呼罢了。"

五百旗头不打算告诉照子伊根的悲惨过去。逝者并不希望自己死后隐私受到侵犯。

"话说回来,您打扫完房间后,我去看了一下。房间真的变干净了,一点臭味也没有。我很惊讶。"

"我们专门除过臭,只要通通风就完全没有味道了。"

"那样卖相就足够好了。非常感谢。"

"不,现在开心还为时过早。"

"可那是意外死亡呀。"

"还有一些无法确定的部分,所以我想再检查一下房间。"

五百旗头向照子借了主钥匙,进入那个房间。同特殊清扫时不一样,他这次没戴防毒面具,也没穿防护服,进入房间时感觉有些新鲜。

房里依然残留着除臭剂的味道。和死亡气息相比,这味道简直就是香水。但拿除臭剂同死亡做比较本身就是对除臭剂的不尊重。

五百旗头伫立在水泥地上,探寻着空气中的异样。清扫过程中感觉到的不祥压力有所减弱,但依然足以让他踌躇不前。尽管房间已经清扫干净,那些牢牢附着其上的污垢却还是难以去除。

再等一下吧。

除了被扣押的东西,房间还保持着警察抵达时的样子。这样的话,只要找到目标,就能消除五百旗头的违和感。他从玄关转到餐厅、厨房、客厅和卧室。最后趴在地板上彻底查看了一遍。

电还没有停,家用酒柜静静地运转着。为慎重起见,五百旗头在酒柜里摸索了一下,还是没有找到想要的东西。本来就不是什么需要藏起来的东西,随意放置也很正常。

但是,无论怎么搜索房间,最终还是没有找到。

带着越来越多的困惑,五百旗头下到一楼,看到了集合信箱。因为不是转盘式而是电子锁式的,用手中的钥匙就可以打开。

反正寄给伊根的东西都算是遗物。五百旗头打开邮箱的盖子,塞满信箱的信件溢了出来。

二 腐蚀与还原

五百旗头逐一确认发件人。没有一封是私人信件，几乎全是邮寄广告和账单之类的，还有投递传单。

不过，其中一封信引起了五百旗头极大的兴趣。虽然私拆他人信件有可能触犯法律，但五百旗头还是下决心检查信件的内容。

就在那一瞬间，所有的拼图全部就位，一切豁然开朗。

4

几天后，五百旗头将希望分得遗物的三人请到伊根的房间。

"伊根欣二郎先生遗留的财产的估价已经完成，现在向大家报告。虽说是财产，但我们认为存款和自己公司的股票是伊根先生与伊根崛起公司的共同财产，所以可分配的遗物只有这个房间里的物品。"

滨谷智美、石田未莉和矢野贵子三人点点头，表示理解。

"三位和伊根先生交往过，所以应该都知道实情。但我还是想说一下，首先，伊根先生所有的衣服都是成衣，只有旧衣服的价值。手表、领带夹等饰品也一样，即使去当铺也卖不了几个钱。但手机就不一样了。这是最新型号，而且直到去世当天的通信记录都没有删除。"

贵子率先举手。"如果其他两位不想要的话，那部手机可以给我吗?"

"当然可以,不过,手机里还保留着伊根先生和其他人的通信记录。"

"没关系。"

"那么,手机就交给矢野小姐了。"

剩下的两个人虽然有些犹豫,却还是开始在房间里搜寻起来。这里是她们熟悉的地方,现在她们应该是在确认每个物品的位置吧。

"那个……"举手的是智美,"每次来房间我都想问伊根社长,但最后还是没有问出口。餐厅酒柜里的葡萄酒值钱吗?"

"眼光不错嘛。"

"那个男人对名牌和积累财富都没有兴趣,餐厅是他房间中有特别氛围的地方。"

"从结论来说,伊根社长收藏的都是高档葡萄酒。"五百旗头浏览着自己制作的清单,将藏品逐一念出来,"武戈公爵酒庄红葡萄酒、拉图尔酒庄1997年产红葡萄酒、克里蒙酒庄2001年产白葡萄酒、白马酒庄红葡萄酒、啸鹰酒庄空军二号红葡萄酒、侯伯王酒庄白葡萄酒、滴金酒庄白葡萄酒、嘉雅酒庄的嘉娅和雷霞多丽干白、库克酒庄的罗曼尼钻石香槟,以及路易王妃水晶桃红香槟。啊,各位,请不要用手机搜索这些牌子。"见三个女人一齐拿出自己的手机,五百旗头连忙叮嘱,"当然,说是高档葡萄酒,价格其实也有差异,便宜的只要每瓶两万日元,昂贵的则高达每瓶三百万日元。不过,一旦你们知道了每瓶酒的价格,必然会爆发争夺战。

二　腐蚀与还原

请大家凭自己的直觉和眼光进行挑选，平分这些藏酒吧。"

当然，五百旗头本人事先已经调查过各种葡萄酒的价格。不过，目前还是不说为妙。

这时，贵子再次举手要求发言。

"您有什么问题吗，矢野小姐？"

"打扫这个房间花了不少钱吧？"

"嗯，毕竟做了所谓的特殊清扫嘛。除了杀菌和除臭，还花了不少时间和精力。"

"总费用是多少？"

"具体数字我不便透露，但应该超过了这个房间的押金吧。"

"既然如此，能不能用卖这些酒的钱来支付特殊清扫费呢？本来清扫的就是伊根社长的房间，我觉得用伊根社长的葡萄酒钱来支付比较合理。"

并排站在一旁的智美和未莉瞪着贵子，似乎在告诉她不要多嘴。

"矢野小姐的建议很有道理，我们非常感激。但是，这种情况已经有过判例了。在租赁合同中，租户有使用房屋并从中获益的权利，但也有不自杀的义务。也就是说，如果租户自杀，就违反了其义务，房东可以基于违约索赔权要求租户赔偿损失。但另一方面，出租房屋是租户的生活场所，衰老和意外死亡都在预想之内。如果租户自然死亡，包括病死，只要没有特殊原因，就不能基于违约索赔权追究租户的赔偿责任。伊根已经被判定为意外死亡，无法表达自己的意愿，在这样的情况下，将其资产换算成清扫费，就有可能被视为违法。"

"这样啊。"贵子还是一副无法接受的表情。

三个女人从五百旗头面前的酒柜里取出酒。总共二十九瓶,智美和未莉各十瓶,贵子让步拿了九瓶。

智美和未莉满脸期待,简直就跟紧握赛马彩票的老头子一样。

"先前忘记告诉你们了,这些高档葡萄酒的温度和湿度都是受到严格控制的。说得极端一点,从酒柜里拿出来几十分钟后,味道就会开始变质。"

三人面面相觑,连忙把自己的酒放回酒柜。

"想把这些高档葡萄酒暂时存放在手边,就需要采取相应的储藏措施。请想一想,物品越是高级,储藏成本当然就越高。"

三人突然不自在地扭动起身子来。

"最后我想说的是,嗯,恕我冒昧,但我打扫了逝者的房间,同大家也算有缘,有些话实在不吐不快。"

三人注视着五百旗头,不知接下来他会说什么。

"伊根社长在世的时候,各位有没有听他讲过自己的成长经历和家庭环境?滨谷小姐,您是他的秘书,在公司里经常和他一起行动,您听过吗?"

"没有。创业之后的跌宕起伏倒是听过好多次,学生时代和那之前的事却不曾听说。我只知道他父母很久以前就去世了。"

"因为事关逝者隐私,我不便多讲。不过,伊根欣二郎这个人在幼年时受到了很深的心灵创伤。家庭本应是他疗伤的地方,结果却伤害了他,可以想象他对家庭和家人是多么绝望。对家庭感到绝望的人大致可以分成两类:一类人至少朝建立理想家庭的方向努力;另一类人则顽固不化,坚决不去建立什么家庭。"

"伊根社长是后一类人?"

"我是这么认为的,石田小姐。异性对于组建家庭是不可或缺的。然而,对一开始就否定家庭的人来说,异性只不过是异物罢了。这种对待异性的态度当然会让他变得功利、不负责任。伊根先生才能出众,对谁都亲切随和,这样的人却对职场霸凌和性骚扰毫不在乎,究其原因,说不定就在这一点上。"

贵子脸色大变,那表情就像被信奉的神背叛了一样。

"他自称享乐主义者,这确实是他的真实想法。他不知道还有什么享受生活的方式,也不想知道。当然,每个人都有权自由选择生活方式,没有人能够否定伊根的生活方式。我认为他对自己每日以醇酒妇人自遣的人生非常满意。大家分得的葡萄酒,可以说就是伊根先生人生的象征。真是难得的遗物啊。希望大家好好品尝一下。"

五百旗头认为,她们三人中可能会有一两个,或者三人全都会出售高档葡萄酒。如今是个人可以在网上轻松交易的时代。伊根留下的许多高档葡萄酒肯定很快就会找到买家。是落入懂得品酒的爱好者手中,还是仅仅作为投资对象在富人之间流动?除了伊根本人,谁也无法预料伊根希望这些高档葡萄酒有何结局。

只是,无论这些葡萄酒会以什么形式处理掉,如果没有人知道伊根的想法和执念，就太令人心痛了。作为承接特殊清扫工作的人，这至少是对逝者的一种关怀。

三人聚在一起商量，决定暂时将葡萄酒交给五百旗头保管。五百旗头没有理由拒绝，于是答应了。

五百旗头在玄关目送三人离去，确定她们已经完全离去之后，才向里面喊道："你可以出来了。"

饭洼麻理子从餐厅旁边的更衣室探出头来。

"让你在旁边听了这么久，真是不好意思。"

"没什么。只是听了五百旗头先生的话，我感到非常震惊。"

"您是说伊根先生没有家庭和家人这件事吗？"

"我从没听他说过这件事。"

"因为那不是他愿意主动谈论的内容啊。"

麻理子垂下头，但转眼就抬了起来。"可以的话，能不能告诉我伊根先生度过了怎样的童年呢？"

伊根的母亲和同居情夫导致孩子衰弱死亡的事件，当年的报纸曾经大肆报道过，现在应该不构成对隐私的侵犯。此外，麻理子的情况与"伊根崛起"的员工略有不同。

听了五百旗头讲述的伊根的往事之后，麻理子立刻变得严肃起来。"太过分了。"

"确实。父母可以选择是否生孩子，孩子却不能选择父母。所谓家庭悲剧，一方面固然有经济拮据的原因，但更重要的是，孩子诞生在完全不适合做父母的家伙身边。没错，对孩子来说，这只能

二 腐蚀与还原

是悲剧。不过，如何面对这场悲剧，成为怎样的大人，则是孩子自己的问题。"

"为什么让我旁听你同那三个女人的谈话？"

"因为我想让你知道分配遗物的经过。如果没有任何解释，麻理子小姐估计不会同意如此分配吧。"

"老实说，我也希望能分到伊根先生的遗物。"

"麻理子小姐不是已经拿到伊根先生的手机了吗？"

"啊？伊根先生的手机不是被公司里一个叫矢野的女人领走了吗？"

"那是公司用的。除此之外，伊根先生还有一部私人用的手机。所以公司用的手机里没有他和你的通信记录。"麻理子睁大了眼睛，但五百旗头并不理会，继续说道，"我之所以知道第二部手机的存在，是因为我看到了他去世后通信公司寄来的账单。账单明细中列出了每部手机的通信费用。但现场发现的手机只有一部。那么，另一部手机消失去哪儿了呢？不，消失的不仅是手机，还有充电器。手机和充电器都是成对出现的，即使只有一部手机，也应该有充电器。为什么找不到呢？"

五百旗头在现场拼命寻找的东西正是那个充电器。智能手机电池的电量很快就会用完，很少去上班的伊根没有理由不把充电器留在家里。

"现场的情况也有些奇怪。用敝公司一位女员工的话说，当时的情况是：'有人突然来访，要是让那人知道自己脚踏几条船就麻

099

烦了，于是连忙掩饰，想让那人看不见其他女人住过的迹象，但因为过于慌张，所以没有收拾妥当。'而且，留在现场的手机并没有开启自动锁屏模式，是伊根先生自己锁屏的。也就是说，他不想让进入房间的人看到公司用的手机里的东西。"

"你是说，那个人就是我？"

"门是锁着的。只有掌握钥匙的人才能上锁，但主钥匙和备用钥匙都在伊根先生手上。这样的话，就肯定有人又配了一把钥匙。能配钥匙的，只有拥有原始钥匙的房东或其家人。"

麻理子一言不发。

"那部私人手机去哪儿了？浴室里安装了防水插座。伊根先生当时正一边用那个插座充电一边看手机吧。倘若一个不小心，手机连同充电线一起沉入浴缸，就会产生过大的电流，导致伊根先生触电。一旦触电，皮肤上会留下烧伤，但如果直接浸泡在热水里，皮肤就会和其他组织一起融化，不会留下痕迹。就算有人在场，只要此人径直离开，锁上房门，事后来看，这也只是一场意外死亡罢了。"

"你有证据吗？"

"没有。"五百旗头爽快地承认，"但是，警方从房间内采集到了大量不属于死者本人的不明毛发和指纹。如果其中发现了麻理子的样本，你打算如何辩解？还有，经常使用的主钥匙会随着时间的推移发生轻微变化，形状与根据原始钥匙配的钥匙略有不同，其差异的大小取决于主钥匙制作的时间。所以，用新配好的钥匙上锁，锁眼里会出现新的划痕。虽然这种微小划痕只有在显微镜下才能确认,但如果警察愿意调查的话,很快便可以查个水落石出。"

两人陷入沉默。首先打破沉默的是麻理子。

"你要把我交给警察吗?"

"那不是我的工作。我只是个打扫卫生的大叔。不过呢,秘密这个东西有种渴望被人揭穿的奇妙性质。如果你始终保持沉默,只会增加内心的压力和痛苦。还不如在压力大到无法承受之前,将所有秘密都倾吐出来,那样会好受得多。"

"我完全不知道他和他公司里的人在交往。"麻理子低着头,讲述起来,"伊根先生像家庭教师一样辅导我功课的时候,我们就开始交往了。那天我为了给他一个惊喜,没有事先约好就来到他房间。"

"钥匙是什么时候配的?"

"在伊根先生租房之前,主钥匙是放在家里保管的。我偷偷配了一把,打算将这里作为我和妈妈吵架后的避难所。"

"发现有人突然开门进来,什么样的男人都会大吃一惊的。"

"我们之间的关系非常亲密,他是不介意我突然造访的。但是,我一看到房里的情况,就感觉有其他女人曾在这里过夜。我追问伊根先生,他很干脆地承认自己还和三个女人有关系。我大发雷霆,他一副不耐烦的样子,拿着手机逃进了浴室。他肯定认为我不会跟进去。"或许是想起了当时的情景,麻理子抱着自己的肩膀瑟瑟发抖,"但我强行进入浴室,伊根先生果然暴跳如雷,我们大吵起来……我怒不可遏,把手机连同充电线一起打掉了,落进浴缸里……眨眼间他就死了。"

接下来的事，不用解释也猜得到。看到已经断气的伊根，麻理子突然惊恐不已，逃出了房间。伊根的尸体在反复加热的浴缸中只剩下骨头。

"我该怎么办？"

"你自己决定吧。不过，如果你想向警察自首的话，我可以陪你去。"

麻理子双臂抱胸，走出了房间。

五百旗头望着她的背影，思考着最后一个问题。

为什么伊根此前只对麻理子隐瞒了他还在与其他女人交往的事呢？难道是担心丑行暴露，被房东照子赶出公寓吗？

不对。伊根有那么高的收入，另找一套公寓不就行了吗？

五百旗头只能想到一个答案。

为麻理子营造被爱包围的美梦，这或许就是伊根关心她的独特方式吧。伊根不相信家人，对家庭也一直唯恐避之不及，心理可以说极度扭曲。然而，就是这样一个男人，却在很长一段时间内不肯将残酷的现实告诉还是高中生的麻理子，这或许就是伊根表现出的洁癖吧。

五百旗头看着酒柜，对空荡荡的房间发问：

我说，伊根先生——

这样做，真的好吗？

三
绝望与希望

絶望と希望

三　绝望与希望

1

白井放下装有腐败液和清洁中使用过的捕虫网、毛巾的专用容器，注意到站在旁边的垃圾处理厂的工作人员正冷冷地注视着他。

尽管知道这冰冷的目光中并无恶意，白井还是紧张起来。所有附着体液的废弃物都具有传染性，不能和其他垃圾混在一起。将这些危险物品放入专用容器，运到垃圾处理厂的指定地点，连同容器一起进行焚烧处理，如此彻底的处理是为了防止二次感染、三次感染，这也是法令的规定。

"那就拜托您了。"

白井鞠躬行礼，工作人员只是默默地将容器运往焚化炉。白井累得筋疲力尽，连生气的力气都没有，就回到了厢型车上。他脱下特卫强防护服，全身汗如雨下。他喝了口放在冷藏箱里的运动饮料，总算缓过了气。

休息五分钟后，他开车离开。天已经快黑了。说实话，他真想就这样直接回家，但今天还有一项特殊清扫任务要完成，因此他还不能如愿。

他鼓励自己再坚持一下，但是比起肉体，精神上累积的疲劳更让人沮丧。

打从开始考虑就业起，白井宽就下定决心，坚决不从事被称为"3K"[1]的职业。但是，在新冠肺炎疫情的冲击下，他最初工作的活动策划公司一下子倒闭了。他连忙寻找再就业机会，但各个行业都不景气，不愿录用新人。

他连房租都交不上，只好寻找基本工资较高的工作，最后选中了终点清扫公司。白井带简历参加了面试，被顺利录用。他那会儿还以为"特殊清扫"就是打扫垃圾屋和脏房间呢。

然而，开始工作之后他渐渐明白，"特殊清扫"之所以"特殊"，与其说是因为清扫工作繁重，不如说是因为这份工作本质上与其他工作不可同日而语。如果知道自己要清扫的是有腐烂尸体的房间，血液和其他液体浸透了整个地板，房间里苍蝇成群，蛆虫成堆，他一定会犹豫要不要入行吧。

实际从事这份工作后，他甚至觉得，"劳累""肮脏""危险"这"3K"简直就是为特殊清扫行业量身打造的词语。穿着防护服、戴着防毒面具工作会消耗体力，这是"劳累"；现场充满体液和排泄物，这是"肮脏"；清扫过程中不断面临感染的风险，这是"危险"。

第一天，他从头到尾都在犯恶心，晚饭也无法下咽。

---

[1] "3K"是"劳累""肮脏""危险"的缩略语，因为这三个词的日文发音都是"K"开头。"3K"职业泛指护理、建筑、清扫等行业。

第二天，他不小心把液体洒在了没有保护的皮肤上，又是清洗又是消毒，弄得皮肤都快脱落了。

进入公司第三天，虽然早就想过换工作，但浏览过招聘网站后还是放弃了。

连续工作一周后，他的身体逐渐适应了工作。虽然还是不习惯体液和异味，但他已经想开了，觉得基本工资高的工作就是这样的。既劳累又危险不说，每天重复同样的工作，感觉就会变迟钝。最重要的是，每天都过得很忙，老实说根本没有时间思考。发工资那天，他惊讶地发现到手的钱超出预期，甚至还拿到了奖金，一时间他连平时的"3K"都忘得一干二净。

担任代表董事的五百旗头的人品也不错。当时只有一个代表董事和一个员工，所以几乎每次都是两个人一起前往现场。虽然五百旗头有时说话粗鲁爽快，但心思细腻，很会照顾人，这点倒是出乎白井的意料。五百旗头对特殊清扫工作认真负责，全力以赴，这激励了白井继续干下去。

"所谓的特殊清扫，就是连沾染在住宅上的怨念都要清除干净。虽然无法像僧侣那样超度亡魂，但至少可以祓除房间中的污秽之气。"

"祓除房间中的污秽之气"，这种想法在白井听来也很新鲜。换言之，高薪和令人尊敬的上司这两项优点让他能够忍受"3K"的恶劣条件。

但最近，对恶劣条件的不满情绪再次抬头。他开始琢磨，能不能去找个更轻松的工作，即使收入比现在少点也无所谓。

几乎可以肯定，白井有这种想法的原因之一就是秋广香澄的入职。对新员工体贴入微的五百旗头使出全身本事，手把手地教导香澄。可他这样做害苦了白井，所有单间的清扫任务全落到了白井一个人身上。

"交给白井君应该没问题。他的直觉本来就非常敏锐，也相当机灵，现场处理能力很强。"

听到表扬，没有人会不高兴。在五百旗头的鼓舞下，白井开始尝试独自完成清扫工作，结果证明他确实可以一个人完成。白井最近一直在独自工作，现场的判断力也随之提高，但肉体的疲劳也相应增加了。常言道，身心合一，肉体的疲劳会加剧精神的疲惫，仅靠周末休息根本无法恢复。

也许该换工作了吧。白井这样想着，厢型车已经抵达事务所。

"我回来了。"

"辛苦啦。"

五百旗头说了几句慰劳的话，香澄则过了好久才出声。但她正忙着处理票据，似乎没有时间抬头朝这边看。

"不好意思啊，白井君，突然让你一天跑两个地方。"

"没关系。接下来要清扫的也是单间吧？"

"地点是新小岩的二手公寓。尸体好像放了两个星期左右。"

"住在那里的是什么样的人？"

对已经变成尸体并被运走的租客的个性，白井毫无兴趣。重要的是性别和年龄。较之于女人和老年人，男人和年轻人的腐烂气味更重。

"二十九岁，单身男性。听说死因是中暑。年龄和白井君差不多。"

听起来有点不吉利，但也没什么稀奇的。毕竟，据说最近年轻人的孤独死案例正在增加。对单身的白井来说，难免心生同情。

"听说只是个带厨房的单间，垃圾也不是很多。"五百旗头又补充道。

"那我今天就能完成。"

"我已经跟对方说了，最少要花两天，所以不用那么急。现在已经过五点了，今天只要报个价就可以了。"

明天能做的工作今天就别做，这似乎是五百旗头的信条，但这次的指示也透露了他对白井身体状况的关心。虽然白井没有主动叫苦，但五百旗头应该看出白井已经很累了吧。

真是个老奸巨猾的上司。他能够参透员工的心思，在适当的时机给你温柔一击，就像瞄准了你开始考虑跳槽的那个时点似的，所以白井一直下不了决心。

白井更换了新容器，准备了新防护服，一副随时可以进入现场的架势。

"我出工去啦。"

"好，一路顺风。"

交到白井手中的只有一张纸，上面除了房屋地址，还记载了客户的联系方式和基本情况。白井再次钻进厢型车的驾驶座，又浏览了一遍纸上的内容，确认好地址。

葛饰区新小岩四丁目0—0。在新小岩周边，只要不挑剔，很容易就能找到房租每月五万日元左右的便宜房子。如果是新建筑的话，房间的气密性可以保证，特殊清扫做起来也很方便。要是目标房屋也是新建的就好了。

委托内容普普通通，只是"恢复原状"。如果垃圾没有堆积太多，那么体液渗透的地方只需要清洗或更换建筑材料即可。

这一行干了两年，白井仅凭大致信息就可以估算出清扫的规模。如果尸体被发现时的情况和房间的凌乱程度值得记录，应该已经写在备注当中了。确实，这项任务白井一个人就可以应付。

嗯，只是小菜一碟嘛。白井放松下来，一直读到最下面一行，目光停留在平时毫不关心的事项上。

租客姓名：川岛瑠斗。

重要的是性别和年龄。即使没有租客姓名也无所谓。
然而，白井的目光却被那个姓名牢牢吸引了。
不会吧。
但是，"川岛"这个姓氏姑且不论，"瑠斗"这个名字却并不常见。当然，同名同姓的可能性是存在的，但概率很低。
原本相当轻松的白井突然紧张起来。不管怎样，必须先见见客户，弄清事情的来龙去脉。白井努力克制着急躁情绪，发动了厢型车。

学生时代是心理发展的延缓期[1]，校园则是有城墙保护的自由国度。只要身处其中，就能像泡在温水里一样舒服惬意，无拘无束地做自己想做的梦。

白井的梦想是在学校时作为音乐家出道。学生乐队并不稀奇，从名不见经传的独立乐队一举成名的也不少见。

白井的乐队由校内三人和校外一人组成。乐队成员包括主唱、吉他手、贝斯手和鼓手，白井担任鼓手。如今回想起来都有点不好意思，他们自称"米卡隆与超级激进乐队"，经常参加学校节日活动和小型现场演出。也许是因为主唱的声音颇具魅力，乐队相当受欢迎，白井甚至暗自梦想着能正式出道。他们不必像其他学生一样，进入大三后每天都往就业服务窗口跑，只需要考虑自己的音乐就行了。对他们来说，出道就等于就业。那些热衷成为上班族的同学怎么看待他们，他们毫不介意。他们要在音乐创作的道路上阔步前行——白井一直怀揣着这样的梦想。

在乐队中担任作词作曲兼贝斯手的，就是川岛瑠斗。

川岛的乐感非常出色，担任了乐队领队。他为人不是特别强硬，但遇事从容镇定，擅长调和矛盾，是统率一支个性鲜明的乐队

---

[1] 成长过程中转为成熟的社会人之前的一段过渡期。

的理想人选。

然而，这样的川岛竟然成了需要特殊清扫的对象。换句话说，他在孤独中死去，两个星期之后才被发现。

太荒唐了。

别人都可能孤独死，唯独川岛瑠斗绝不可能。一定是搞错了。

白井一边压抑着不安和恐惧，一边朝客户家驶去。

看见终点清扫公司的人终于到了，客户石井真希子喜上眉梢。

"我等了好久啦。这大概就是一日三秋的感觉吧。"

石井家同出租公寓楼建在同一地块上，这种情况很常见。简单询问后得知，公寓楼是从父母那里继承的遗产。

"总而言之，我想尽快把房子打扫干净，重新招租。因为是事故房屋，物业管理公司催我把价格降低一成，烦死了。但一直空着也不是办法呀。"她说起话来轻松愉快，脸上却流露出一丝悲伤。

"真的两天就可以清扫干净吗？"

"不实际看过现场就没法确定。不过，带厨房的单间的话，差不多这么长时间就能清扫干净。"

"太好了！"

白井漫不经心地环视房间。虽然家具有些老旧，但绝不是便宜货，不像是生活上有困难的样子。

或许是察觉到了白井的疑问，真希子辩解道："继承财产的时候，我还觉得自己撞了大运，因为躺着啥也不干都能收房租嘛。

可当了房东之后才发现，每个月的管理费和维修费都让人喘不过气来。"

白井明白真希子为什么急着打扫房间了。那就试着提出最想确认的问题吧。

"住在那里的是一个叫川岛瑠斗的男人吗？"

"是的。他以前每月都按时交房租，但被公司解雇之后就一直拖欠。川岛先生之所以中暑，似乎也是因为拖欠电费被停了电，空调无法开启。"

听到真希子直言不讳的回答，白井心如刀割。如果死者就是自己认识的川岛，那么没有比这更悲惨、更遗憾的死法了。

"您能看看这张照片吗？"

白井递出自己的手机，屏幕上显示的是当年"米卡隆与超级激进乐队"的合照。那是他们留下的唯一一张合照。

真希子的反应正如白井担心的一样。

"啊——没错，边上抱着吉他的就是川岛先生。不过，这是几年前的照片啊？好年轻啊，应该是学生时代拍的吧！"

姓名、年龄、长相都一致。看来，死的肯定就是那个川岛瑠斗。

"特殊清扫前需要了解一些相关信息。请问，尸体是在什么状态下被发现的？"

"也不能说是'发现'。"真希子突然吞吞吐吐起来，"我只是想收他拖欠的房租，所以去了那个房间。按了门铃也没人理。我以为他不在家，就看了看电表，一点都没转。我觉得很奇怪。"

"如果他不在家，电表当然不会转了。"

"不是的。现在所有的家电就算不用也处于待机状态，会消耗待机电力。所以即便全部电器都关了，电表也会慢慢地、慢慢地转动。如果完全不动，就说明电已经停了。"

"确实如此。"

"于是，我试着从门缝里叫他的名字。但就在那一瞬间，我闻到了一股难以置信的恶臭……不是普通的臭味，是那种闻一下就绝不想闻的臭味。所以我报了警。"

"闻一下就绝不想闻的臭味"，白井明白那是什么意思。人的尸臭乃是臭中之王，是同类从生物变成死物时散发的臭味，是让人体深感绝望与残忍的令人作呕的臭味。

"警察进入房间，发现川岛先生死了。已经死亡两周，都部分白骨化了。所以确切地说，我没有发现尸体。是警察发现的。"

"后来呢？"

"葛饰警察局的人经过调查，做出了非刑事案件的判断。我听川岛先生说过紧急情况下联系谁，于是通知了他的父母。他们领走了骨灰，但房间里的东西只拿走了手机和钱包，就在昨天。"

"手机和钱包之外的遗物是怎么处理的？"

"大家的主要精力都用在火化遗体上了，警察走后谁都没进过那个房间。我的意思是，那个房间的状态也不适合人进去呀。所以我想请终点清扫公司派人来整理一下遗物。"

"明白了。那我立刻进入房间，请把钥匙借给我。"

三 绝望与希望

"欸，现在就开始吗？"

"至少先做个报价。"

走到屋外，四周已经完全暗下来。目标公寓楼的几扇窗户里还透着灯光。

天黑反倒帮了大忙。白天穿着防护服的话，实在太惹眼。疫情尚未结束，如果被误认为是保健所的工作人员，势必引起骚动。

目标是一楼尽头的105号房间。白井穿好防护服，戴上防毒面具，终于踏进了待清扫的房间。

只用手电筒就能查看整个房间。垃圾比白井想象中少。只有五个容量四十五升的东京都指定垃圾袋放在玄关附近。家具似乎也没有被人动过。

问题是床。中间有一大片人形褐色污渍，一直延伸到地板上。液体滴落在地板上，聚集成一摊，呈放射状扩散。

无数蛆虫在那摊体液里蠕动，苍蝇在空中飞来飞去，几乎让人误以为是雾霾。的确，如果真希子亲眼看到这种情况，肯定会立马屏住呼吸，把门关上。

不仅有蛆和苍蝇，这个未清扫的房间里还潜伏着肉眼看不见的病原菌和害虫。如果不像白井那样将自己全副武装地保护起来，应该在里面待不了十秒钟。

白井环顾房间，目光落在书架上。走近一看，书籍和CD之间放着照片摆台。白井看到照片，顿时伤心欲绝。

这张照片白井也有，是"米卡隆与超级激进乐队"唯一一张

115

合照。

在这个世界上,只有乐队的四名成员拥有这张照片。

你真的死了吗?

突然,透过防毒面具看到的世界模糊起来。不能用手擦泪,白井不禁有点焦躁。

他绕到床边,发现了更多的遗物。

是贝斯。

用不着仔细检查,这肯定是川岛在组乐队时就开始使用的贝斯。琴身有些地方弄脏了,但琴弦和琴颔保养得很好。

白井看到照片和贝斯,不由得百感交集。他再也没有自信能够做出冷静的判断,决定尽快离开。

在这种精神状态下,他肯定会犯错。

"特殊清扫不是普通清扫,而是一项与传染病密切接触的工作,需要与核电站工作人员相同的专注力和注意力。"

白井想起五百旗头的谆谆教诲。全身被包裹严实之后,很容易感觉麻木,但特殊清扫人员一进现场,就无疑踏入了危险之中。这一点绝对不能忘记。

他打开门,迅速走出去,顺手关上门。这样做本来是为了避免恶臭和苍蝇之类的东西扩散,影响街坊邻居,但现在也是为了快刀斩乱麻,让自己不再犹豫。

白井回到厢型车上,把特卫强防护服扔进专用容器。他在房间里待了五分钟还是十分钟?不管怎样,他的身心都疲惫不堪。即便用冷毛巾擦拭汗涔涔的脸，心中的困惑也始终无法消除。

冷静点。

你正开车呢。

白井在心里训斥自己，把注意力集中在前方路面上。现在必须全心全意安全驾驶，先把公司用车开回公司再说。

白井小心翼翼地握着方向盘，终于来到了事务所。他交还钥匙的时候，五百旗头盯着他的脸问："怎么了，白井君？目标房屋有什么问题吗？"

"没有，只是报价而已，没什么特别的。"

"你一个人能行吗？"

五百旗头一如既往的敏锐直觉令人咋舌。白井很感激五百旗头的关心，但这是白井的个人问题，他不愿多谈。

"没问题。"

"是吗？那就拜托了。"

五百旗头没有追问。这份关怀令白井感激不已。

白井需要先坐电车，然后步行，才能回到自己住的公寓。多亏路上这段时间，他才得以全神贯注地思考。满员的车厢反而能让人沉浸在孤独之中。

刚进大学的时候，GReeeeN、flumpool 和 SEKAI NO OWARI（出道时写作"世界的终结"）等乐队都正式出道，掀起了一股乐队热潮。白井从高中就开始打鼓，川岛邀请他加入乐队时，他二话不说就同意了。比白井先加入的是主唱米卡隆，也就是山口美香，最后加入的是吉他手松崎优,于是乐队就组建起来了。

跟很多乐队一样,"米卡隆与超级激进乐队"起初只是翻唱别人的歌曲。但随着人气越来越高,川岛作词作曲的原创歌曲也越来越多。乐队的人气很大程度上源自主唱米卡隆的声音,但川岛的原创歌曲其实才是魅力所在。可以说,川岛和美香是乐队的两个灵魂人物,而白井和松崎只是随时可以替换的成员。白井本人不可能没有注意到这个事实,随着乐队人气的上升,他的自卑感也随之抬头。

当年乐队练习的日子又浮现在白井脑中。在现场彩排阶段四处寻找便宜的录音室;为买乐器而兼职打工,结果导致没有时间练习,本末倒置;为争夺乐队中唯一的女性美香,川岛和白井一度关系恶化。现在回想起来,这些都是年轻时代特有的插曲吧。

如果说乐队的成立是常有的事,那么解散也是家常便饭。主唱米卡隆受大型唱片公司"KITOO"的邀请,单飞出道。乐队失去了主唱,大学毕业时不得不痛苦解散。

乐队核心川岛没有放弃音乐梦想。"总有一天,我会组建另一支乐队,进军主流音乐界。"他如此宣布后,就离开了白井和松崎。松崎本来就是校外的,自然也同白井疏远了。

白井也对音乐的世界恋恋不舍。但他意识到自己没有音乐天赋,所以打算从活动策划的角度参与其中。

后来,单飞出道的美香虽然一开始备受瞩目,但并没有红多久,不到三年就销声匿迹了。当然,白井工作的活动策划公司也倒闭了,他没资格自吹自擂。到头来,他一事无成,只是证明了梦想不过是梦想而已。

但川岛没有轻言放弃。美香只有声音受到赞誉,白井和松崎则从一开始就无关紧要,但川岛和队友不一样,他无疑是有才华的。因为自卑和害羞,白井从未联系过川岛,但他隐约觉得川岛迟早会在音乐界脱颖而出。他做梦都没想过川岛会以这种方式死去。

下了电车,白井朝自己住的公寓走去。开始工作后,他认识到学生时代的梦想只是白日梦罢了。在狭小的世界里,往往缺乏比较,所以才会觉得梦想触手可及。但真正的自己不过是微不足道的存在。美香在校内被奉为歌姬,而在娱乐圈里,她不就是平平无奇的凡人一个吗?

一种类似自卑的自我厌恶感涌上心头。白井想象着过去十二年川岛是怎么度过的,川岛得到了什么,又失去了什么。了解这些似乎才能消除自卑。

"房间可以反映居住者的性格和嗜好。从有没有收拾房间可以看出居住者的精神状态,从房间产生的垃圾可以看出居住者的生活水平。"

这是五百旗头的话。经过十次特殊清扫之后,白井才稍稍理解了这句话的含义。川岛住过的房间也不例外。即使主人不在了,房间里也仍然留有可供白井追踪的痕迹。

白井无论如何都要解开心头的疑问。

2

第二天，白井再次只身前往川岛住的公寓。昨晚五百旗头曾问白井，要不要香澄今早一起去，但白井还是婉言谢绝了。

这是我的工作。

上午九点到达公寓。此时阳光已经非常强烈了。为了不让恶臭扩散，房间是密闭的，此时温度究竟上升了多少，他简直不愿去想。

他换上特卫强防护服，进入房间之前给自己喷了消毒喷雾。

开门的瞬间，不出所料，潮湿的热风给护目镜蒙上了一层薄雾。热风让人不得不背过脸去，但恶臭无疑更加令人窒息。

首先要消除恶臭的来源。靠近床的时候，白井觉得恶臭仿佛染上了颜色。用指尖戳一下残留的黑色人形污渍，感觉就像煤焦油一样。变色的体液从床垫一直蔓延到地板上。当然，床垫和地板都不能再用了。

白井用电锯切除被体液污染的部分，将其粉碎后装进垃圾袋。光是床垫和地板的碎片就用垃圾袋足足装了七十升。

川岛躺在这张床上，中暑而亡。在因为腐烂而流出体液之前，他应该已经排出了大量汗液。

中暑一旦严重就会失去力量，不久连意识也会丧失。就算手上有手机也无法呼救。临死前，川岛究竟在想些什么，又悔恨些什么呢？是责备自己不该一个人居住吗？还是后悔没交电费？

三　绝望与希望

花一个小时清除了被体液污染的部分，但床头、床脚和侧栏都布满病原菌，所以也要粉碎。

好不容易将床切割粉碎完毕，但体液已经滴到了地板上，呈放射状扩散。

那摊体液中依然蠕动着无数的蛆。白井从正上方喷洒杀虫剂，让它们停止蠕动，然后用刮刀连同地板上的体液一起刮下去。地板好像没有进行过良好的表面处理，体液好像已经渗透到地板下面了。真是可惜，除了把地板整个换掉，似乎别无他法。

白井努力保持冷静，但一想到自己清扫的是老友的一部分，就几乎工作不下去。他从未想过自己会为川岛料理后事。

他拆下地板，换上准备好的新地板。反复操作多次之后，就会产生自己不是从事清扫业，而是从事建筑业的错觉。事实上，五百旗头曾经对他说过："做一年特殊清扫，就可以对住宅进行简单修缮了。"他一开始还以为是开玩笑，现在却觉得理所当然。

幸运的是，体液没有渗透到地板下。白井松了一口气。地板下面的修缮，确实是自己难以胜任的。

切割粉碎了散发恶臭的床铺，将所有垃圾袋搬到门外，接下来就是杀虫，要一举消灭苍蝇、蛆和其他肉眼看不见的虫子。喷洒了几种杀虫剂，再用铲子捣碎并舀起整齐排列在地板缝隙中的蛹。墙壁也是一样，只要有一点缝隙，苍蝇就会产卵，绝不能掉以轻心。

清除了大部分虫子后，喷洒消毒剂，休息一下，最后再喷洒除臭剂。市面上的除臭剂效果堪忧，所以终点清扫公司会使用特制除臭剂。五百旗头混合了好几种除臭剂，调制成"五百旗头特别版"，除臭效果和持续时间都是市面上的产品无法比拟的。

喷洒除臭剂后，打开窗户换气。沉闷污浊的空气渐渐消散在空中，白井不由得感叹清扫工作终于结束了。

回到厢型车边，白井脱掉特卫强防护服，扔进专用容器。不管是头还是胸，身体各处都大汗淋漓。他拿出冷藏箱里的两升装运动饮料，一饮而尽。在开始这份工作之前，他从未想过自己能一口气喝下两升饮料。

塑料瓶很快见底，白井终于舒服点了。他无力地望着目标房屋。按理说，这里的特殊清扫任务已经结束。只需向客户真希子报告清扫内容并返还钥匙，然后返回事务所即可。但这次，接下来才是白井的真正工作。

确认房间通风完毕后，白井再次进入室内。虽然没有穿特卫强防护服，但他戴着双重口罩和护目镜保护面部。尽管去除了臭味的来源和害虫，还是要做好准备，以防万一。

白井走向书架。初次进入房间时只是匆匆浏览了一下，但他对川岛收藏的杂志和CD很感兴趣。

杂志都是十多年前的过期刊物，包括《音乐与人》《音乐杂志》《音乐》《日本摇滚》《日本滚石》等，全都是白井自己曾经如饥似渴阅读过的杂志。CD也一样。十年前风靡一时的乐队的出道专辑整整齐齐地排成一列。白井一张张拿出来，感慨万千地注视着专辑封面。

白井突然发现一件事。

无论是书籍还是 CD，最新的版本也是 2015 年的了。后来出的书和专辑全无踪影。

白井再次环顾室内。廉价的桌子和椅子。没有任何称得上家具的物品。这里看上去只是工作累了之后回来睡觉的地方。放在桌上的笔记本电脑也相当古老。

白井猛然一惊。

川岛用过的电脑，里面有他曾经查阅和保存的全部资料。

虽然知道这是最重要的个人信息，但白井还是无法按捺住好奇心。带着几分歉疚，他把电脑轻轻放进了尼龙袋。

"打扫完成了呀，太好啦。"

白井去报告清扫结束的消息时，真希子高兴得手舞足蹈。最终的价格没有超过预算，这也是让她高兴的理由之一吧。

"房间虽然清扫干净了，但遗物还没整理好。"白井举起装在尼龙袋里的电脑，"我看过室内，可以作为遗物的东西只有贝斯、杂志、CD，还有这台电脑。"

"他的生活方式很简单啊！"

"可以暂时把电脑交给我们保管吗？电脑储存的信息可能有助于我们发现其他遗物。"

"啊，你是说秘密存款和加密资产吧。嗯，一般来说，如果他有那样的财产的话，肯定会买更多的东西堆在房间里。而且，打从一开始他就不会住在这么便宜的出租公寓里。"

"小心谨慎总是没错的。"

"那你去查一下吧。这种事我可不擅长。"

"还有一个问题。您知道住在那个房间的人在哪里上班吗？"

"这和遗物整理有关？"

"就算父母拒绝领走遗物，同事也有可能想要。"

"对不起，我不知道店名。那种店我可不去。"

"什么店？"

"牛郎俱乐部。"

白井几乎要窒息了。"您说的牛郎俱乐部，就是那种男人招待女客人的俱乐部吗？"

"除此之外还有什么牛郎俱乐部？刚入住的时候，川岛先生就是牛郎。他本人这么自我介绍，所以我就算不愿意也还记得。"

白井一时糊涂了。

若说川岛的相貌，就算是恭维，也称不上眉清目秀，甚至可以说十分普通。他也没有那种足以登上男性杂志的模特身材。他给人的印象本来就是个土里土气的男人，白井无法想象他穿着黑制服接待女性的样子。

"在紧急事态宣言的冲击下，他丢掉了牛郎俱乐部的工作，之后又在餐馆重新就业，但那家店也倒闭了。"

"您了解得真详细啊。"

"每次拖欠房租的时候，他都会跟我辩解嘛。但我没有问过牛郎俱乐部和餐馆的名字，追根究底也没有意义。"

总之，白井接过电脑，离开了现场。经过特殊清扫，他已经去

三 绝望与希望

除了川岛死亡的痕迹。现在要去发掘川岛生活的记录了。白井回到厢型车上，试着用车载逆变器给电脑供电。

长时间处于假死状态的电脑微微睁开了眼睛。桌面上显示的是埃里克·克莱普顿[1]演奏时的英姿。屏幕被锁住了，只有通过指纹识别或输入四位数密码才能解锁。这当然是意料之中的事，白井不禁在内心暗暗抱怨。

一回到事务所，白井就向五百旗头报告清扫工作已经完成。

"哦，辛苦了。今天没有别的安排了，早点回去吧。"

"不，还有遗物整理工作要做。"白井解释道，给五百旗头看了看装在尼龙袋里的电脑。

五百旗头听他这么说，微微偏了偏头。"是要寻找保存在电脑里的数字遗物啊。着眼点不错，也是为了遗属着想，但找到有价值遗物的可能性太小了吧。"

"与存款不同，加密资产非常隐蔽。"

"不对，无论是虚拟货币还是现金，只要有一定积蓄，就不可能发生欠费停电这种事。"五百旗头盯着白井的脸，似乎在询问他的真实意图，"你是不是没跟我说实话？"

看来还是瞒不过这个男人。白井把心一横。

"死在房间里的川岛，是我的乐队伙伴。"

"哦，原来如此。世界真小啊。"五百旗头语气平淡，像是要

---

[1] 埃里克·克莱普顿（1945— ），英国音乐家，摇滚音乐史上最有影响力的吉他手之一。

缓解白井的困惑和愤怒。"你很好奇你以前的伙伴留下了什么，想说些什么。"

"听说是被切断了电源，中了暑，没能联系任何人就死了。我想他一定有话想对谁说。"

"你找到他想说的话之后打算怎么办？"

白井思忖片刻，说道："我想尽可能尊重逝者的意愿……"

"用你自己的话说。"

"我想听听他最后的遗言。"

"明白了。"五百旗头简短地回应了一句，咧嘴一笑，"你应该有事要拜托我吧？说说看。"

"五百旗头先生曾经是警察吧？这台电脑需要指纹识别或者输入密码才进得去。"

"哈哈，你是想利用我的关系，让科搜研[1]或鉴定课的人破解密码？"

"有什么办法吗？"

"找他们闲聊的话倒没什么问题，但要破解电脑密码就另当别论了。那里毕竟是国家机关嘛。"五百旗头一边这样说，一边在桌子抽屉里摸索，从中取出一张名片，"试着联系一下这里吧！"

他递过来的名片上写着"氏家鉴定中心所长，氏家京太郎"。

"前几天，我在客户委托我们清扫的目标房屋里碰到了这个

---

[1] "科学搜查研究所"的简称，日本警视厅及都、道、府、县警察本部刑事部的附属机关，主要进行科学搜查的研究及鉴定。

三 绝望与希望

人。后来听别人说，这个鉴定中心有许多科搜研出身的人，搞不好比老东家还厉害。反正你只能找民间机构，索性就这家吧。"

"找民间机构的话，当然会产生费用。"

"把这部分追加到遗物整理费里就行了。这也是正当要求嘛。"

"谢谢。"

"只是给了你一个联系方式罢了。有空跟我道谢，还不如赶紧去办事哩。"

白井鞠了一躬，离开了办公室。

文京区汤岛一丁目附近坐落着东京医科牙科大学医院、顺天堂大学医学部附属顺天堂医院、东京大学医学部附属医院等机构，所以医疗器械相关企业也聚集于此。可以说，这里是设立民间鉴定中心的绝佳地点。

白井来到氏家鉴定中心，刚说出五百旗头的名字，氏家所长就出来了。

"是终点清扫公司的人来找我吗？哎呀，前些日子我们还受过五百旗头先生的照顾呢！"

虽说是初次见面，氏家却给白井留下了能说会道、八面玲珑的印象。如果说氏家如此亲切是看在五百旗头的面子上，那五百旗头这位上司的人际交往能力真是不得不令白井佩服。

听白井说明了来意，氏家轻轻点了几下头。"关键是找到密码就可以了吧。您知道那个叫川岛瑠斗的人的出生日期或者账户名吗？"

"不知道。"

"您有川岛先生的身份证之类的东西吗?"

"有出生日期的驾照也被他父母领走了。"

"没有任何线索呀……"

"在这种情况下,需要多少天?"

"三十分钟。"

有那么一瞬间,白井还以为自己听错了。

"恢复被删除的邮件和网络历史记录的数据需要工作一天,但解析密码只需要三十分钟左右。您要等等看吗?"

对白井来说,这简直是求之不得的好事,所以他决定在鉴定中心的角落里等待结果。

氏家这个人非常准时。他从实验室出来时,正好过了三十分钟。

"让您久等了。"

白井一看,氏家正抱着已经解锁的电脑。"密码是什么?"

"是2010。"

白井猝不及防,脑子一片空白。这不正是他们组建乐队那年吗?

"这个数字有什么特别含义吗?"

"肯定代表着对逝者本人来说非常重要的东西。真是帮大忙了。谢谢您。"

"为慎重起见,我必须说明一下,我们没有发现任何该电脑持有者交易虚拟货币的迹象。"

白井知道川岛没有加密资产。他想知道的是电脑中有没有川岛奉若珍宝的东西。"我可以打开吗？"

"您不就是为了这个才来的吗？"

白井从氏家手中接过电脑，打开邮件。最近一次发送邮件是在两周前，也就是川岛丧失意识或者停电的时候。

望着一排排收件人，白井知道，这些都是同一行业的公司的通用邮箱地址。

- 英国项目
- 玩具工厂
- 成长中
- 思考同步整合
- 余音唱片
- 伙伴唱片
- 古贺唱片
- 术之穴
- 麦格尼菲
- 美味标签

"好像是唱片公司呀。"从背后窥探的氏家喃喃道。作为鉴定人，他非常出色。但在音乐方面，他似乎知之甚少。

"这些都是独立厂牌。"

"是独立唱片公司吗？"

"除非是相当厉害的乐队发烧友或者有乐队经验的人，否则一般人应该压根儿不知道这些名字。"

白井带着羞涩与痛苦回想起当年。对白井他们那支业余乐队来说，正式出道遥不可及，得到独立唱片公司的认可是必须迈过的第一道门槛。但当时白井他们水平有限，四处碰壁。

仔细查看邮件，发现川岛在邮件里附上了一个文件。白井不用打开也知道里面是什么。

"详细情况，我回去之后再确认吧。"

"这样比较好。考虑到硬盘容量，电脑里应该保存着相当丰富的信息。"

那是意料之中的事。音乐和视频越多，剩余的硬盘空间就必然越少。

"谢谢。请问什么时候收取费用？"

"这点小事用不着收费……这么说应该很酷吧，不过五百旗头先生会生气的。我一会儿会把账单寄给终点清扫公司。"

白井向氏家道谢，离开了鉴定中心。

回到自家公寓后，白井迅速洗澡更衣，打开川岛的电脑。

浏览文件名称时，他发现了一个名为"试听音源"的文件夹。他要找的可能就是这个东西。

打开文件夹一看，果然是试听音源，而且还附上了歌词的PDF文件。

到这一步，已经不可能弄错了。

三 绝望与希望

大学毕业后，川岛仍然没有放弃成为音乐家的梦想。不仅如此，他还一面在牛郎俱乐部和餐馆工作，一面坚持制作试听音源。

川岛仍然编织着白井早已抛弃的梦想。这个事实令白井感动不已。

白井试听了一个音源文件，曲名《换挡提速！》。从前奏开始就是快节奏的曲子，可以听出川岛非常享受演奏过程。与学生时代的作品相比，这首曲子给人的印象更加精致。也许是因为不用考虑白井这种业余演奏者的水平，川岛的作曲范围更广了。想到这里，白井觉得既安心又自卑。

第二首歌叫作《雨心》。这是一首截然不同的慢节奏民谣，同样洋溢着川岛的特色。通常情况下，向独立唱片公司发送试听音源时，会提交一个混搭组合，包括一首作为名片的主打单曲、一首风格稍有不同的中速曲，以及若干民谣性质的曲子。从邮件发送记录看，川岛就是按照这个规则发送试听音源的。

加密资产什么的，根本无法与这些音乐相提并论。

这些音乐才是真正属于川岛的珍贵遗产。虽然数据经过压缩，但无疑蕴含着川岛的精神和情感。

连续听了几首之后，白井仿佛又回到了学生时代。每当川岛创作出一首曲子，其他三人就会一边抱怨这里不好那里不对，一边开始演奏。言辞最犀利的是主唱美香，因为当时川岛在作词方面一塌糊涂，美香总是牢骚满腹。

"瑠斗，你这歌词根本就配不上曲子嘛。完全唱不出来啊。"

"……"

"想表达深意，结果却流于肤浅。还有，这句歌词是多余的。"

"我说美香，既然你这么说，那就由你来写词吧！"

"啊——你居然说这样的话？居然好意思说？'有意见的话，就自己来创作吧'——这样的话，是创作者绝对不能讲的。"

"美香不也是创作者吗？"

"我才不要这顶高帽子呢！"

乐队伙伴之间互相打趣，即便偶尔发生冲突也能迅速和好。每天都是节日，每天都值得庆祝。虽然隐约感到不安，但绝大多数时候，轻松愉快的氛围都能将不安感驱散。

那样的日子，恐怕再也不会有了吧。白井听着试听音源，不觉泪流满面。

文件夹里大约有四十首歌。所有歌曲都充分反映了川岛的个性，但给白井留下最深印象的还是一开始听到的《换挡提速！》。从前奏到副歌一气呵成，让人大呼过瘾。这就是川岛最新捕捉到的旋律吧？虽然只有这首歌没有歌词，但只要配上朗朗上口的一两句，这样的旋律就足以成为商品。

这么好听的歌，肯定会引起某个独立唱片公司的强烈兴趣。白井试着搜索附有《换挡提速！》的已发送邮件。

只有一家公司阅读了邮件，但没有回信的迹象。

太荒唐了。这样出色的试听单曲，难道完全无人问津？

白井难以置信地关上电脑。文件夹里的试听歌曲可以刻录成

CD，再把歌词打印出来，就可以做成意义非凡的遗物。这个纪念品的优点是可以复制，不仅可以分给川岛的父母，还可以分给美香和松崎，白井自己也可以保留一份。

白井想把这份遗物首先送给美香，因为她实现了成为音乐家的梦想。

但白井不知道美香现在的邮箱地址。单飞出道时，她更换了乐队时期使用的邮箱。

不能直接联系本人的话，也可以通过经纪公司搭上线吧。

白井搜索了美香所属的KITOO唱片公司的官方网站。本来只要查出总公司的地址就行了，但网站横幅广告上的文字引起了他的注意：

阔别五年，米卡隆新歌大热！恭喜下载量突破三十万！

白井还是第一次听说美香发表了歌迷期盼已久的新歌。最近特殊清扫工作非常繁忙，何况他早已远离了音乐界。不过，三十万下载量确实是一个了不起的数字，美香所属的唱片公司当然会大肆宣扬这首大热单曲。

新歌的名字是《午夜呐喊》。白井立即前往iTunes商店搜索并试听。

一听之下，他惊得目瞪口呆。

虽然从前奏到 A 段之前的部分多少有些改编，但整体上和《换挡提速！》如出一辙。

不会吧？

惴惴不安的白井购买了这首歌，从前奏重新听了一遍。

预感越是不祥，结果往往越准。从 B 段到副歌，从 C 段到大副歌，旋律几乎相同，绝不仅仅是近似，或者受启发后的再创作。

这难道不是彻头彻尾的抄袭吗？

他连忙查看《午夜呐喊》的详细信息，顿时愕然无语。

作词／作曲：米卡隆

白井忍不住想要站起身来。《换挡提速！》原本没有歌词，美香作词是可以理解的。但作曲者无疑应该是川岛。如果著作权人里没有川岛瑠斗的名字，那这首歌肯定就是抄袭。

不过，美香是通过什么途径得到《换挡提速！》的试听音源的呢？可以想见，川岛发送的试听音源也许由独立唱片公司泄露给了 KITOO 唱片公司。

到底发生了什么事？

美香本人知道《午夜呐喊》的原曲是川岛的作品吗？

难道只有自己知道吗？如果是这样的话，这个发现不仅会冲击 KITOO 唱片公司和美香，也将成为轰动整个音乐界的大事件。

白井躺在床上，但一直心潮难平，整夜未眠。

3

虽然一宿没睡,但也不可能因此请假。白井揉着惺忪睡眼,走向终点清扫公司。

"白井君,你至少要努力装出一副'昨晚好好睡了'的样子啊。"

看到没精打采来上班的白井,五百旗头一脸惊讶地训斥起来。香澄背对着白井,但她不可能没听见。

"我努力了啊。"

"你知道自己演技不好吧。既然知道,就得拼命振作起来。这份工作总是与危险相伴。如果一边打瞌睡一边工作,那就肯定无法胜任。说说看,你熬夜的理由是什么?"

"……遗物整理。"

白井说川岛留下的东西是试听音源。不过,他对美香有抄袭嫌疑的事绝口不提。

"嗯,是压缩的音乐数据吧。确实是最适合做逝者的遗物。无法变现,也不会引发争夺战,可以极其和平地分配遗物。"五百旗头一边自言自语,一边频频点头,然后突然想起什么似的说道,"等等,著作权问题怎么解决?我记得,作曲者就算不是名人,也会有著作权问题吧?"

组建乐队的时候,出于工作需要,白井学过一点著作权法。

"是的,即使是默默无闻的作曲家,作品发表后七十年内也受著作权法保护。但是,如果只是在有限范围内使用,比如个人使用或在家庭内使用,就可以在未经著作权人许可的情况下复制作品。"

"你的意思是,不出名的已故作曲家未在任何地方公开发表的作品,可以在逝者亲属内部复制?"

"是的。"

但是,如果冒充作曲者,将其作品作为自己的作品发表的话,就会立刻触犯著作权法。美香和 KITOO 唱片公司不可能不知道这一点。

"那就这样继续整理遗物吧。虽然你有工作预约,但要到上午十点才开始。在约定时间之前打个盹儿怎么样?"

"好,我这就去。"

白井听从五百旗头的建议,朝里面的休息室走去。大约三张榻榻米大小的空间里只放着一张简易床,但空调设备齐全,正适合小睡。

他躺在床上,虽然仍有些昏昏欲睡,但还是想起了必须紧急联系一个人。

他用手机拨打那个人的电话号码。他们已经十多年没有通话了。

铃声响了四下,对方接起电话。"白井吗?好久不见了。"松崎的声音和以前一样,没有丝毫改变。

"你还好吗?"

"还好。不说这个了,有什么事吗?十多年来第一次打电话,如果你要劝我加入什么宗教的话,我现在就挂了。"

"你知道川岛的消息吗?"

三 绝望与希望

"不知道。他和你一样,已经十多年没有音讯了。他还好吗?"

"他在大约两周前去世了。"

电话另一头传来倒吸一口凉气的声音。

"怎么回事?"

"在停电的房间里中暑了。"

"……是吗?"

白井只是草草解释了一句,但松崎似乎一听就懂。白井也不打算详细说明发现尸体时的情形和房间的情况。那样的话,无论是说的人还是听的人都会很痛苦。

"你现在怎么样?"

"很普通。大学毕业后一直待在入职的公司里,不像美香那样在音乐圈混得风生水起。"

"能做个普通上班族就已经很了不起了。对了,你刚好提到美香,我问你,你知道那家伙的邮箱地址吗?"

"你要告诉她川岛去世的消息吗?"

"也有这个意思,不过我还想找她谈遗物分配的事。"

"不是只有亲属才能分到遗物吗?"

"是川岛一直在创作的试听音源。我想把它刻录成CD,当然要分给他父母一份。但考虑到他本人的性格,我觉得最好也分给以前的乐队伙伴一份。"

"我也是其中一员吗?"

"当然。"

"我稍后会把收件地址发给你,拜托啦。至于美香的邮箱,很遗憾我不知道。那家伙正式出道的时候就更换了邮箱,之后我就再也没有联系过她。"

松崎也不知道啊。白井先前还抱着一线希望,现在希望落空,他也无可奈何。

"你说最好是分给乐队伙伴一份。"

"嗯。"

"'米卡隆与超级激进乐队'解散后,川岛又组建了乐队。如果不同这些乐队伙伴打声招呼,岂不是对他们太不公平了吗?"

白井恍然大悟。

川岛新组建的乐队。

给独立唱片公司的电子邮件都是以川岛个人名义发送的,没有任何地方提及乐队的名字,所以白井误以为川岛一直在单打独斗。可是,他在"米卡隆与超级激进乐队"解散之后再次组建乐队的可能性是绝对不能排除的。

"你了解川岛新组建的乐队吗?"

"哎呀,我只是凭空推断的。不过,你觉得那个不擅长唱歌和作词的家伙会单独演出吗?"

"说得也是。"

"我很想帮忙,但我提供不了任何信息。这件事姑且都交给你来办,好吗?需要帮忙的话,随时告诉我。"

"好的。"

三　绝望与希望

"不好意思。"

电话就此挂断了。松崎从来不说伤感的话，只是在必要的时候流露一星半点儿真实情感。

与川岛有关的工作越来越多，耗费的时间和精力也越来越多。但不可思议的是，白井并不觉得厌烦。

早知道你会给我惹这么多事，还不如活着的时候就来找我麻烦呢。

白井一边说着死者的坏话，一边陷入短暂的睡眠之中。

年轻就是恢复快。小睡一个小时后，白井就完全恢复了精神。

"我走了。"

白井和香澄一起前往今天的现场。

"没想到啊，白井先生，原来你也玩过乐队。"香澄在副驾驶座上开口道。

"意外吧？"

"你看起来不像是玩音乐的。你演奏什么乐器？"

"我是打鼓的。"

"你想成为职业音乐家吗？"

"大学时期曾经想过。只是稍微会弹一点乐器，就会冒出这样的念头：我可能有天赋，也许可以成为音乐家。所有玩音乐的家伙无一例外都会产生这样的梦想，它就像麻疹一样，传染了我们所有人。可是，当你看到其他乐手是多么才华横溢时，就会突然意识到

139

自己是多么无知狂妄：你虽然也能拨动琴弦，却无法拨动听众的心弦。对我来说，我虽然可以打鼓，却无法打动听众的心。"

"哇，这句话好像抒情诗啊。"

"我这种水平连给人家提鞋都不配。业余爱好者和专业人士之间的差距之大，超乎大家想象。"

说着说着，白井心中那处早已结痂的伤口又要撕裂开来。当初他是多么讨厌普通，嫌恶平凡，渴望成为与众不同的人啊。可到最后，他还是因为害怕现实，因为想要忘掉对未来的不安，逃离了真实的自我。

白井突然想起，得知确定出道的美香更改了邮箱时，他感到既失望又羡慕。美香被选中，并被召唤到另一个世界，他嫉妒得不得了。

被选中的人从一开始就得到了神的祝福。其他人无论怎么努力，无论流多少眼泪，都永远得不到回报。他们只会埋没在平凡的日常中，沦为碌碌无为之辈。

"做个业余爱好者不行吗？即使不是专业人士，也可以享受音乐啊。"

"如果爱好的是象棋或者体育运动的话，确实可以这样想，因为这些活动是自我表达的方式。可是，对我们音乐爱好者来说，只是几个朋友聚在一起自娱自乐是不够的。为了让别人听见，我们会到街上进行现场表演，听众越多越好。仅仅让路人听到还不够，我们还想租小型音乐厅搞演出。即便如此仍然无法满足，于是我们会出 CD，开始在网上贩售数字音乐。我们的终极目标是去武道馆这样的大型舞台举办演唱会。业余爱好者是不可能吸引听众去武道馆看表演的。"

"但是，"香澄反驳似的回了一句，"我还是羡慕会演奏乐器的人。"

"谢谢。"

虽然立刻道了谢，但白井自己并不觉得会演奏乐器有什么好处。他甚至在心里埋怨自己当年暴露了音乐才能，从此一直非常自卑。

"在我看来，你能够演奏乐器就已经很了不起了。因为，如果你碰上的人也懂乐器的话，你们不是当场就能开演奏会了吗？"

这听上去就像是说在异国遇到少数志同道合的人一样，白井不禁在心里苦笑。也许，只有不会演奏乐器的人才会做这种虚幻的美梦吧。

"要是一开始就能在上班的地方遇到这样的人，肯定会很开心吧。"

白井忽然醒悟。

倘若川岛要找新的乐队伙伴，范围应该会限定在生活圈内的社群中，也就是工作场所。看来，有必要去一次川岛曾经工作过的牛郎俱乐部和餐馆。

和香澄一起完成一处房屋的特殊清扫工作后，白井给真希子打了个电话。

"白井先生,您的意思是,您想和川岛先生的父母取得联系?"

"是的。为了确认遗物应该分配给谁,有必要列出与逝者有关系的人的名单。"

"我认为川岛先生的父母不可能掌握了他所有的交友关系。"

"和遗体一起领走的智能手机里,应该罗列了关系密切者的信息。"

"啊,原来如此。"真希子似乎毫不怀疑地接受这一说法,"那我先把终点清扫公司的意思告知对方,再确认能不能向您透露对方的联系方式。这样如何?"

"没问题。"

真希子立刻采取行动。几个小时后,她把川岛老家的联系方式告诉了白井。

"您联系他们没问题。还有,我跟他们说了手机的事,他们说如果分配遗物需要用到手机,他们随时都可以提供。"

"真是开明大度的父母啊。要知道,分配遗物的人多了,他们分到的遗物就会减少啊。"

"我很理解他们的心情。"真希子的声音低沉下来。

"您能理解?"

"因为我们都是母亲啊。您可以直接问他们了。"

和真希子的通话一结束,白井就拨打了刚才获知的川岛父母家的电话号码。第二次电话铃响之前,一位女性接起了电话。

"你好,我是川岛。"

三　绝望与希望

"我是终点清扫公司的白井。"

川岛的母亲名叫贵代,她已经通过真希子了解到特殊清扫和分配遗物的事。就算按照这套说辞讲下去,贵代也会协助白井搜集信息的。

可是,隐瞒真实的用意令白井痛苦万分。

"其实,我和瑠斗先生从大学时代就是朋友。我们是同一个乐队的。"

"啊!"贵代在电话那头吃了一惊,"大学时代的朋友帮瑠斗收拾房间,世界真小啊!"

"您能把瑠斗先生的手机交给我吗?"

"当然,我明天就把手机寄给终点清扫公司。"

"那个,我想问您一件事。如果领取遗物的人增加了,您二老不会不高兴吗?"

"那孩子没有留下任何称得上财产的东西。不管增加多少人,我们都不会因此发生争执的。"

"不是这个意思。我是说,那样留在您二老手上的遗物就少了。"

"那我们反倒更高兴呢。"贵代兴高采烈地说,"因为那样很多人都会拥有关于瑠斗的回忆。作为母亲,没有比这更开心的事了。"

原来是这个道理,白井茅塞顿开。正如真希子所说,这就是所有母亲共通的想法吧。

既然如此,《午夜呐喊》在作曲方面疑似抄袭川岛作品一事,还是不告诉他们为妙。这首凝聚了川岛才华和心血的曲子横遭盗

143

用，还被下载了三十万次，如果贵代知道了这个事实，不知会多么生气，多么憎恨美香和KITOO唱片公司。贵代完全有可能闯进唱片公司讨说法，或者立刻提起诉讼。

现在还不能和盘托出。

虽然愤怒与悲叹都是父母的权利，但如果在没有证明疑点的情况下把事情闹大，对贵代和她丈夫将是不利的。在极端情况下，对方可能会以诽谤罪起诉二老。这是必须避免的。

"谢谢。我会尽心尽力，完成逝者的心愿。"

两天后，事务所收到了贵代寄来的邮件，里面有那部手机和一封贵代的亲笔信。在这封信中，贵代用母亲特有的笔触抒发了对已故儿子的思念。

前略。

终点清扫公司的诸位，我是川岛瑠斗的母亲，这次给大家添麻烦了。

听房东石井女士说，房间被弄得非常脏。我知道，这都是我儿子的责任。但他是在没开空调的炎热房间中神志不清地离开人世的，请大家可怜可怜他，原谅他的无心之失吧。

据说最近孤独死的人越来越多，像我儿子这样孤苦伶仃地死去的年轻人也屡见不鲜。虽说他年过二十，业已成

三　绝望与希望

年，但我们对他多少有放任自流之嫌，对此我深以为耻，也无比愤怒。现在，我和丈夫每天都在悔恨和忏悔中度过。

您想要的那部手机，我已随信寄出。我们大概看了一下手机里的东西，只有我们不认识的人的名字。他已经离家十多年，我们很清楚，他如今认识的人对我们来说都是陌生人，但那股淡淡的寂寞空虚之感始终无法从我们心头抹去。

最后，祝大家幸福安康。

不尽欲言。

读着读着，白井有好几次都想落泪，但还是强行忍住，把信折了起来。

随信寄来的手机被擦得干干净净，一个指纹也没留下。为安全起见，白井戴上了医用手套，但心中难免有点过意不去。

手机没有设置锁屏密码，所以一下子就打开了。里面几乎没有保存任何视频或图片，也没有一张看上去像在工作场所拍摄的照片。

仔细想想，除非有什么特别的事件或活动，否则根本就没有机会和工作场所的同事合影。白井现在工作的终点清扫公司不就是这样吗？

接着，他检查了一遍手机里存的电话号码，找到了川岛工作过的牛郎俱乐部和餐馆的店名，打算回头就联系。

但是，无论他怎么仔细翻检，那个人的名字始终无处可寻。

他始终没有找到米卡隆，也就是山口美香的联系方式。

145

牛郎俱乐部"白影"开在东新宿车站附近。川岛曾在这里工作了两年左右。

开店前的下午四点，白井见到了事先约好的经理羽生百华。

"川岛君直到两年前还在这里工作。因为发音同他本名相似，所以我们在店里都称他'露君'[1]。"

听百华的语气，好像回忆往事很累似的。要是别的女人用这种慵懒的口吻说话，或许会相当迷人，但不巧的是，百华说出来却尽显疲态。

"他工作很认真，但长得不帅。给他捧场的顾客少得可怜，所以营业额也是倒数。让他给客人说句'请点瓶酒吧'，简直就跟要了他老命似的。"

考虑到学生时代川岛的为人，他有这样的表现也不难理解。他性格内向，除了音乐很少接触其他话题，也不善于向别人提出请求。他与牛郎所需的品质背道而驰。

"虽然有其他事想做，但还没什么眉目，所以暂时找个能挣钱的地方。他当时明显就是这种情况。"

"您这话真是一针见血啊。"

"因为这就是事实。他这样没干劲儿，客人一定会察觉的。所以露君没什么客人，是他本人容貌不佳，而且待客态度大有问题导致的。"

---

[1] "瑠斗"的"瑠"的日文发音与"露"近似。

"同事中有没有跟他比较亲近的？"

"如果您指的是希望分得遗物的人，那一个也没有。您联系我之后，我向当时所有的工作人员确认了一下，他们回答说除了值钱的东西啥都不要。"

虽然对方态度冷淡，但如此直言不讳，反而让人觉得干脆痛快。

"顺便问一下，遗物是什么？"

"是他制作的曲子的压缩数据。"

"曲子？欸，他原来在玩音乐啊。"

"他有没有和同事里玩音乐的人走得很近呢？"

"没有。"百华立即予以否定，"倒是有些孩子说过什么'没有音乐就活不下去'，休息的时候一直戴着耳机，但我从没听他们真正演奏过。不过，露君倒是挺注意同事关系的，我从没见过他和其他工作人员热烈谈论音乐。"

看来这里没有线索。

"他辞职的理由是什么？"

"嗯，纯粹是因为经济不景气。你知道，政府一会儿又发布紧急事态宣言啦，一会儿又要求缩短营业时间啦，我们的销售额下降了九成。我们这行实行的是提成制，基本工资微不足道。所以排名靠后的工作人员都陆续辞职了。露君是第二个。"

"要是没有疫情就好了。"

"那可不一定。不管疫情有没有蔓延，露君迟早都会辞职的。说句不好听的话，牛郎这种工作，临时做一下可以，持久干下去是

147

不可能的。"

接下来,白井造访了位于新宿二丁目的一座六层商业办公楼。一楼贴着"招租"的告示。川岛离开"白影"后就职的餐馆"旗鱼屋"就位于这一层,只是早已繁华不再。

"旗鱼屋"的前店长兼大楼业主名叫加治木,川岛的手机里保存了他的联系方式。白井给此人打去电话,告知了分配川岛遗物的事,对方二话不说就同意见面。

白井乘电梯上到六楼。一出电梯,眼前便是大楼管理事务所。

"我开'旗鱼屋'有点玩票的性质,"加治木开口道,语气里透着一丝自我辩解的意思,"如你所见,我靠租金收入吃饭。可光这样实在太闲了,于是我把一楼的一部分拿出来,自己开了家餐馆。"

"真是羡煞旁人呀。您既是大楼业主,还经营餐馆。"

"没什么了不起的。我这个人啊,天生忙碌命,一闲下来就发慌。"

"您还记得川岛先生吗?"

"怎么忘得了?他总是板着脸,不擅长与人打交道,但做事相当认真。他从不旷工,悟性又高,帮了我大忙。本来他现在还应该在这里工作的。"加治木不无遗憾地说。

他对川岛评价很高,白井不需要费力打听,对方就滔滔不绝地说开了。

三　绝望与希望

"他来我们店里的时候，正是防疫措施结束、客人开始回归的时候。他应该是辞掉了以前的工作，急需找到新工作吧！面试时可以明显看出他有多么急迫。这样的人会努力做好工作的。后来果然不出所料，尽管他待客不怎么热情，但认真负责的工作态度完全可以弥补这点不足。凡是正经工作的人都有这个特点。认真负责就是他们最大的优势。"加治木一脸怅然地摇了摇头，"就在我们以为消费回暖的时候，感染再次暴发。不知日本人是谨小慎微还是胆小怕事，一旦传出感染人数增加的消息，就算政府什么都不说，他们也会减少外出，尽量在家里吃饭。餐饮业因此受到重创，继续开店就意味着持续亏损。这一带的餐馆一个接一个倒闭。关闭'旗鱼屋'的时候，我也很担心员工的出路，但为了及时止损，我只能忍痛关店。听说，川岛君是把自己关在房里，结果中暑死了？"

"过世两个星期都没有被发现。"

"好可怜啊。"加治木默默低下头，看上去真的不像在演戏。

"有没有跟川岛先生比较亲近的同事？"

"啊，不好意思。您是来跟我谈遗物分配的事的。哎呀，我这个老头子确实在密切观察员工的动向，但我没发现有谁同川岛君特别亲近。毕竟，店铺一关门他就直接回家了。再说他特别倒霉，入职没多久餐馆就倒闭了，我们甚至还没来得及建立友谊呢。这都是我的罪过呀。"

"川岛先生的遗物是他创作的曲子的压缩数据。"

"数据应该是可以复制的吧。如果方便的话，能不能也分给我一份？"

加治木竟然对独立乐队感兴趣，白井觉得有点意外。

"什么时候能重新开店的话，就用这些曲子做背景音乐播放吧。音乐家都希望自己的作品被尽可能多的人听到吧。"

白井差点儿哭出声来。

4

最后，答应接受川岛遗物的只有他的父母、松崎和加治木。对负责遗物整理的白井来说，没有比这更轻松的了。

问题是，尽管从川岛的身边人入手多方打探，还是找不到任何痕迹表明美香获得了这首曲子。

《午夜呐喊》绝对抄袭了《换挡提速！》。但是，除非能摸清《换挡提速！》传到美香手中的路径，否则就只能说两首歌旋律酷似而已。

日本音乐也好，西方音乐也罢，这个世界上存在难以计数的乐曲。构成音乐的音素有限，产生相似的曲调在概率上可以说在所难免。事实上，迄今为止，有很多作品都被怀疑是抄袭，一部分得到了确认，其余大部分作品则被认为是偶然相似，无人深究。

白井相信，如果川岛的曲子被抄袭，那么揭露这一事实就是对川岛最好的吊唁。但现在他没有掌握任何证据，无法展开具体行动。将《换挡提速!》放在网上,让美香和 KITOO 唱片公司如坐针毡是最简单快捷的办法,但稍有不慎就可能会遭到起诉。

白井在办公室里苦思冥想的时候,五百旗头从旁问道:"你从刚才开始就一脸严肃地思考什么呀?"

"没……没什么。"

"肯定有事吧。你眉头皱得都可以夹住手指了,还能说'没什么'?"

白井抬头看着五百旗头。他觉得,在最近认识的人里面,五百旗头是最值得信赖的。

"我说,"白井还没来得及回答,五百旗头就在他身边坐下了,"迷茫的时候就问问别人吧。但我并不是让你期待那些家伙的回答,或者参考他们的意见。询问别人的最大好处是可以借此整理思路。"

"您说得好有道理。"

"毕竟我比白井你年长嘛。虚长几岁,见识自然要多点。"

有些老人即使活了一把年纪,也只会说孩子气的傻话。五百旗头之所以拥有这份机智与见识,与其说是因为活得更久,还不如说是因为经验更丰富。

就算找五百旗头商量,也不会对任何人造成伤害。他的回答无论多么反社会,多么不合常理,只要假装没有听到就行了。

"在分配遗物的过程中,出现了一个无法忽视的问题。"

白井下定决心,道出了自己对川岛的作品遭到抄袭的怀疑。五百旗头默默地听完白井的解释,然后把双手放在脑后。

"要不先敲门试试吧。"

"您的意思是要和对方接触吗?"

"用不着接触。只需给对方寄去一封邮件就可以了。如果对方认为这是毫无根据的指控,就会不予理睬;如果对方被戳中了痛处,就会有所反应。这样做的话,消息就不会在网上传播。因为是一对一的交流,所以最安全有效。"

"……仔细想想,这样做有点像威胁啊。"

"不用细想也知道是威胁。不过,如果对方是清白的,就只会把这当成无中生有的污蔑。"

白井要是发起指控,定然会一语中的,切中要害,让对方哑口无言。

"您的建议很有参考价值。"

"好的。啊,寄信人的地址就写我们事务所吧。"

"可以吗?"

"分散风险是基本原则。"

不可思议的是,将秘密说出口后,心中的郁闷真的烟消云散了。

白井将《换挡提速!》刻录成CD后,寄给KITOO唱片公司转交山口美香。如果是粉丝来信的话,收件人一般都会写艺名"米卡隆"。如果写的是歌手的真名,事务所和歌手本人都不会轻易置之不理。白井的目的就在于此。

白井将信投入信箱,肩膀一下子瘫软下来。就在此刻,他感觉自己仿佛向黑暗中抛出了一记直线球。是好球还是臭球,这取决于对方。

《午夜呐喊》后来持续畅销,下载量最终突破了五十万。如果下载量超过五十万,就会成为双白金唱片,被堂堂正正地认定为热门单曲。先前一直寂寂无闻的中坚音乐家发起绝地反击,居然起死回生——对同情弱者的日本人来说,这是难以抗拒的迷人故事。美香突然成为媒体争相报道的焦点人物。

久违地看到美香,白井欣喜地发现她成熟多了。二十几岁时偶尔流露的野性气息有所收敛,那种历经坎坷后形成的阴郁气质反倒成了她的独特魅力。

白井在事务所休息时,通过手机看到了美香接受采访的视频。她浑身上下散发着练达老成的韵味。

"恭喜单曲下载量突破五十万!"

"非常感谢。"

"目前下载量已经逼近三白金,也就是七十五万下载量,不久便可以朝一百万下载量迈进了。"

"说实话,对这个成绩我还没什么感觉。因为是在网上贩售数字音乐,对卖家来说,乐趣就只是看着数字上涨罢了。现在也很难举办活动,更是让人觉得无趣。"

"是啊。握手会和演唱会全都取消了呢。"

"我都这个年纪了,再搞握手会也太……我现在所有的时间都投在专辑制作上。"

"哦,这真是个好消息。专辑曲目应该都是以《午夜呐喊》为中心创作的吧。"

"因为还在录音,所以暂时不能透露专辑的曲目构成。但是,我认为满足粉丝的要求是我们老歌手的使命。"

"您还没有那么老吧?"

"少男少女组成的乐队正在音乐界掀起热潮。我被称为老歌手也是无可奈何的事。但是,老歌手有老歌手的声音和唱法。不管是多么走投无路的人,都有自己的战斗方式。"

"啊,这是《午夜呐喊》里唱了两遍的歌词吧。《午夜呐喊》果然包含了米卡隆小姐对社会宣战的意思呀。"

"每个人对歌曲的理解都不一样。也有人认为这首曲子是在向尾崎丰[1]先生的《十五岁的夜晚》致敬。所以我不打算对这首歌进行解释。首先,将歌曲包含的意思强加于人的做法就太死板了,难道不是吗?有人说,误读也是一种阅读方式。音乐其实也一样。对音乐的接受方式和享受方式要自由得多。"

真是堪称模范的回答。美香的粉丝肯定会在屏幕前用力点头,脖子都要断了吧。

然而,白井却深感失望。

明明是掠人之美,欺世盗名,居然说什么"有自己的战斗方式",太可笑了。

1　尾崎丰(1965—1992),日本歌手、作词家、作曲家。

三　绝望与希望

压抑已久的愤怒涌上白井心头。

就算收到了我发送的《换挡提速！》的压缩数据，你还是采取这种态度吗？你想扼杀川岛的思想和执念吗？

等着瞧吧。既然你冥顽不灵，我也绝不会手下留情。

就在白井心中再次腾起仇恨的烈火时，有人推开了事务所办公室的门。

"欢迎光临……"

白井闻声也抬头，惊得一个字都说不出来。

站在门口的是美香。

"好久不见。"她若无其事地说，"不好意思，打扰你工作了。现在方便吗？"

面对如从天降的美香，白井一时语塞。他慌忙看向五百旗头，后者冲他挥了下手，似乎在催他赶紧过去。

白井和美香一起走出事务所。事情来得太突然，以至于白井已经感受不到刚才的愤怒了。

"你还好吗？"美香打破尴尬。

"勉强活着。"

"你现在是个正经上班族吧？"

"你是在挖苦我吗？"

"恰恰相反。我是在赞扬你。音乐这一行干久了就会明白，我们是靠占劳动人口百分之八十的上班族养活的。比起漂泊不定的我，你可是厉害多了，白井君。"

"你怎么会到这里来？"

"因为寄件人的地址是这里。"

"川岛的试听音源，你收到了吧？"

"收件人写的是真名，怎么可能不转交到我手上呢？"

"你知道我为什么把那东西寄给你吧！"

"'《午夜呐喊》难道不是抄袭了《换挡提速！》吗？'你是这么怀疑的吧？"

"听两首歌对比一下的话，抄袭是显而易见的。你居然把昔日乐队伙伴创作的曲子拿来……"

白井向美香步步逼近，美香却无比冷静。

"川岛君的遗体呢？"她打断他的话。

"火化后，他父母领走了。试听音源保存在那家伙的电脑里，我把它刻录成了CD。"

"嗯，那就是白井君将川岛的遗物分给了我一份。谢谢。"

"回答我，你为什么抄袭了那家伙的曲子？难道你认为死人不会说话所以好欺负吗？你知道那家伙最后是怎么死的吗？知道了还抄袭？"

"电力被切断，结果中暑了吧。我是从新闻和社交媒体上知道的。我也不愿意去想他死得多么凄惨，但还是忍不住会想。"

美香从手提包拿出一封信。仔细一看，上面写着"KITOO唱片公司，转山口美香"，白井寄出的邮件上也是这样写的。

寄信人是川岛。

三 绝望与希望

"你们的想法都一样啊。真是志同道合的好兄弟。"

"不会吧！"

"是川岛君自己把试听音源寄过来的。我给曲子填了词，请人编了曲。这不是抄袭。《换挡提速！》就是《午夜呐喊》的原曲。"

"川岛为什么要这么做？"

"不用我解释你也明白吧！他把试听音源交给我，拜托我让世人听到《换挡提速！》这首歌。但加上歌词后，原来的名字就不合适了，我不得不更改了歌名。"

"骗人。"

"证据就在信封里。和试听音源一起寄来的。"

白井用颤抖的手指取出了信封里的东西。白井被迫多次阅读过川岛写的蹩脚歌词，非常熟悉川岛的字体。这几张信纸上的字无疑是川岛写的。

川岛抛开寒暄，简单谈了谈近况，便直奔主题。

随信寄来的 CD 中收录了试听音源，是一首名叫《换挡提速！》的曲子。过去十年，我写的歌曲基本都难登大雅之堂，但这首歌与众不同。我自认为这是一首杰作。但是，你也知道，我的作词能力一塌糊涂。如果只有旋律，别说大唱片公司了，就算是投给独立唱片公司也会被拒之门外吧。

所以，你愿意把它作为"米卡隆"的歌曲发表吗？

我也知道美香你如今在乐坛的地位。为了获得广泛的认可，推出这首歌曲的人必须具备巨大的影响力。如果主打歌的作曲者是默默无闻之辈，那无疑会令乐迷扫兴。隐去我的名字，将这首歌的作词、作曲者都写上"米卡隆"的名字，这样做会更好。但版税必须给我。如果你不接受的话，那就等歌曲大卖之后再考虑吧！你知道吗？我都二十九岁了。十多年来，我一直在寻求正式出道，现在已经厌倦了。我厌倦了激励自己不要为出道而努力，而是为梦想而奋斗。我厌倦了坚持认为自己才华横溢，只是世人有眼无珠。这应该是我的最后一次挑战了。如果由"米卡隆"作词作曲的《换挡提速！》没有一炮而红，我也只能徒叹奈何了。那样的话，我将放弃战斗，脱离乐坛。

我知道我很自私。但是，你就将这当成是昔日乐队伙伴的迫切恳求吧。这是我此生最大的愿望了。

永远的贝斯手

最后的落款让白井想笑却笑不出来。

"《午夜呐喊》，不，《换挡提速！》大获成功。我会遵守约定的。下次出专辑收录这首曲子的时候，作曲者的名字会写成川岛瑠斗。"

三　绝望与希望

"可以吗？粉丝会刨根究底地追问缘由的。"

"没关系。老老实实回答就好了，如果这样就形象崩溃的话，那只能说明我不是做明星的料。我这样安排，白井君满意了吗？"

"啊，非常满意。"

"太好了。啊，对了。川岛君留下来的其他试听音源，你也给我一份吧。我想我也有权利分得遗物。"

"我马上寄给你。我保证。"

"我等着。再见。"美香在齐胸的高度摆了摆手，迅速转身离开。

这时，白井的脑海中突然浮现出《午夜呐喊》的一段歌词：

在午夜呐喊吧，为我呐喊；
在午夜呐喊哟，为你呐喊；
哭啊，笑啊，向全世界呐喊。

哦，原来如此。

这段歌词正是美香发给川岛的消息啊。

白井一直注视着美香，直到她的身影消失在视野之外。

四
正遗产与负遗产

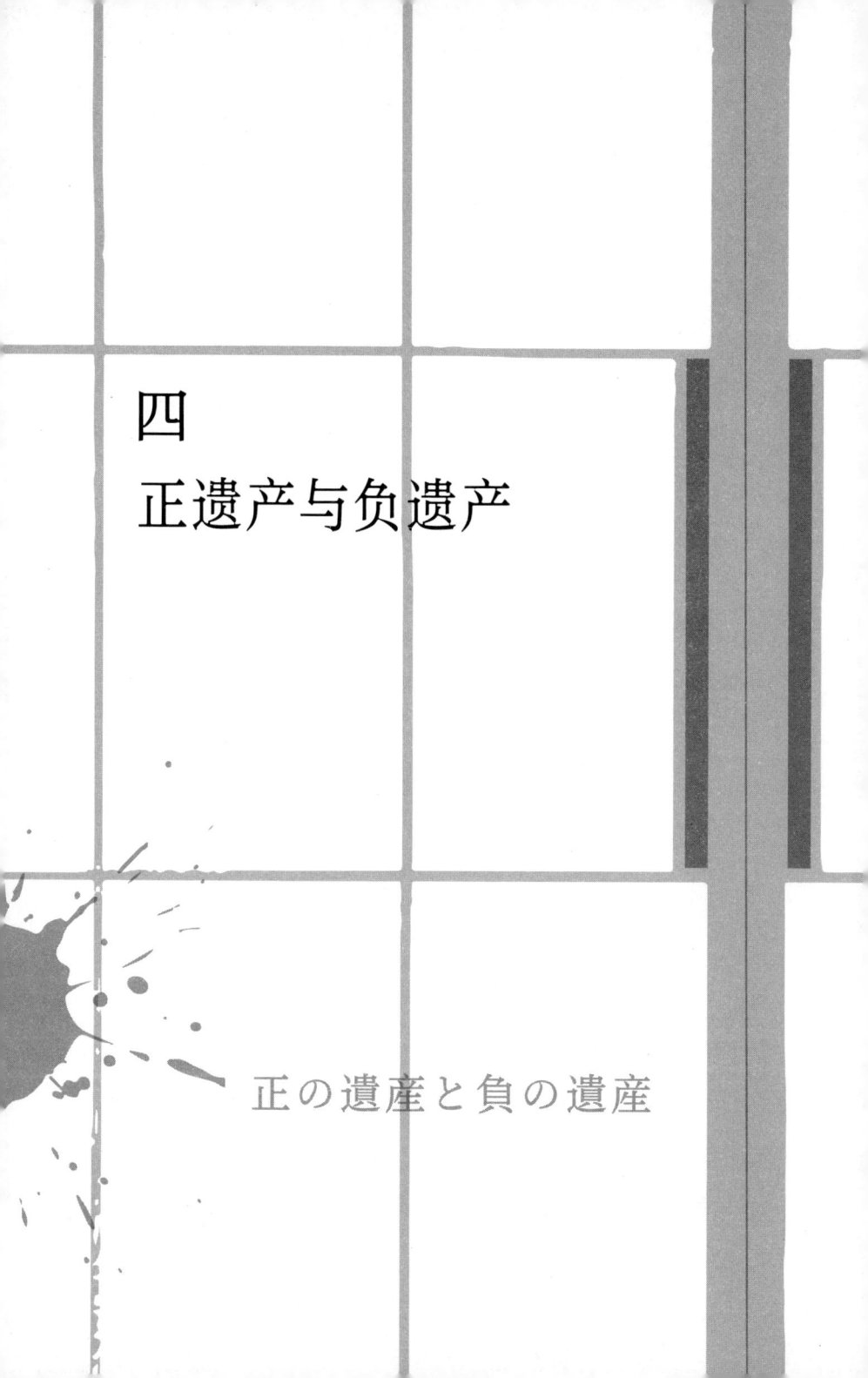

正の遺産と負の遺産

四　正遗产与负遗产

1

"这里就是目标房屋吗？"到达目的地后，秋广香澄一脸惊讶地问道。身边的白井宽也有些困惑地望着面前的独栋建筑。

这也难怪，五百旗头心想。虽然"孤独死"这个词会让人联想到"贫困"二字，但这次的案件却完全跟"贫困"不沾边。虽说是独栋建筑，但因为是新建的西式房屋，再加上土地，总价值应该高达数亿。白井和香澄自然会大为错愕。

"独居老人会住在这样的豪宅里？"

"我说秋广，住在豪宅里的人，也不一定与家人同住啊。"

"可人一旦上了年纪，各种各样的焦虑就会冒出来吧？心理方面的，还有金钱方面的。"

"说句不好听的话，只要有钱，世上的不满和担忧大体都能消除。有些人上了年纪会让家人精神抑郁，只好雇用家政女佣或家庭护理员来照料自己的日常生活。"

"家人会抑郁吗？我有点想象不出来呀。"

真是典型的香澄式感想，五百旗头在心里说。做判断时更多地依赖美好的想象，而不是经验法则。随着年龄的增长，想象与经验的优先顺序会发生逆转，这种情况并不鲜见。五百旗头羡慕香澄心思单纯，这或许正是他即将步入老年的证据。

住在这座宅邸的男人名叫诹访连司郎，人称"平成时代最后的证券交易商"。平成二年[1]，以新年后最初交易为开端，股市开始暴跌。诹访在大崩溃后迅速崭露头角，在众多投资家输得血本无归的情况下，为自己这一生积累了巨大的财富，堪称成功人士传记中的人物。

不过，公众对诹访连司郎的了解仅限于此，他的出身和私生活长期以来都笼罩在迷雾之中。投资者本来就普遍行事低调，愿意抛头露面的人实属凤毛麟角，诹访这个人更是深居简出，外界对他的了解几乎为零。

正因为如此，当客户告诉五百旗头死者名字的时候，五百旗头大吃一惊。

"客户是死者的女儿吧？"白井像是想起什么似的说道。

"是死者的长女。她接到家政女佣的电话，委托我们清扫。"

"就算是大富豪，也不希望自己死后几天才被人发现吧！"

本来死后第二天就应该被发现，但负责照顾诹访的家政女佣刚好休暑假，结果拖了一个星期才发现。自己照顾的对象在自己休假时孤独死去，家政女佣想必十分愧疚吧，五百旗头多此一举地担心

---

[1] 即1990年。

四　正遗产与负遗产

起来。

尸体是这样被发现的：

家政女佣桂幸惠两年前开始照顾诹访连司郎。连司郎患有心绞痛，而她拥有护士助手资格证书，于是得到聘用。桂幸惠每周有五天都要上诹访家工作。一年有几次长假，可以稍稍放松一下。但不幸的是，偏偏在她休假的时候，连司郎心脏病发作。她休假一周再次上门时，发现了诹访的尸体。

现在依然残暑难耐，白天温度超过三十五摄氏度的日子也很多。如果尸体放在房间里一个星期，就会腐烂到无法辨认。据说，接到报警后赶来的机搜（机动搜查队）和辖区警察都对尸体状况一筹莫展。

"但至少有人认领尸体，这还算不错。"

"尸体已经火化了吗？"

"不太清楚。既然我们接到了特殊清扫的委托，那尸体当然已经搬出去了吧，但没有问是不是烧掉了。"

不管怎样，处理尸体是警察或解剖医生的职责。五百旗头他们只需要清扫肮脏的房间就行了。

哎呀，差点儿忘了。

"这次除了清扫还有其他工作要做，有劳大家费心啦。"

就在白井和香澄面面相觑时，一辆陌生的轿车驶入了房前空地。不止一辆，最后接连停了三辆车。五百旗头一行的厢型车也包括在内，四辆车将房前空地塞得满满当当，几乎没有任何空隙。

165

从三辆车上下来的都是女人。

"辛苦了。各位是终点清扫公司的吧？"三人中看上去年纪最大的女人向他打招呼。声音听起来很熟悉。

"您是委托我们清扫房间的逝者的长女吗？"

"没错，我是诹访千鹤子。"

千鹤子自我介绍的时候，另外两个女人站到了她旁边，看起来似乎在互相争夺主导权。

"这两位分别是我的二妹朴山梨奈，三妹冈田彩季。"

与事前了解到的情况一样。

连司郎的妻子生了三个孩子，但她在最小的孩子二十岁时去世了。连司郎给长女千鹤子招了一个上门女婿，两个妹妹也都已经嫁人。但今天三姐妹都没有带配偶来。

"您好像有点六神无主，不过现在遗属都来了，您大可放心。"

"我没什么好担心的。"

"那就好。"

千鹤子落落大方地点点头，又回到车里。两个妹妹也跟着钻进各自车辆的驾驶座。她们大概是不喜欢在烈日下等待。

"五百旗头先生，五百旗头先生，"香澄一脸烦恼地问，"那到底是怎么回事啊？"

"刚才不是说过了吗，这次除了清洁，还有其他工作要做。"五百旗头本想一丝不苟地展开工作，但事情似乎没那么容易，"我们也接了遗物整理的活儿啊。"

四　正遗产与负遗产

"去世的人是证券交易商吧？那他应该留下了很多有价证券，而且这座宅邸连同土地也是巨大的财产。"

"所以说啊，遗产继承那种事应该由律师来处理，但遗物分配才是我们的本职工作。"

虽说是遗物分配，但富人的遗物估计都是以贵金属为首的昂贵物品。三姐妹应该都很关心这笔财产。

无论如何，他们都将在家属的注视下进行工作。五百旗头自己倒是无所谓，但他有点担心白井和香澄会畏缩不前。

和往常一样，三人换上防毒面具和特卫强防护服，把补充水分用的饮料放进冷藏箱。看二人已经准备妥当，五百旗头打开了前门。

"打扰了。"

五百旗头知道没有人会回复，但出于对死者的尊敬，还是先打个招呼为好。目前尚不清楚尸体是送去解剖了还是已经火化了，但既然这里没有警察守卫，那肯定被当作自然死亡处理了。如此一来，就不用在意留下脚印了。

哎呀，不在意的可能反而是警方。毕竟，从卧室到玄关都有液体飞溅的痕迹。可能是搬运尸体时溅出来的吧，但这也太不小心了，完全没有考虑到事后会给清扫人员带来多少麻烦。

不过，家里倒是收拾得整整齐齐，桂幸惠平时的工作态度可见一斑。多亏了家政女佣的辛勤劳动，卧室以外只需进行最低限度的特殊清扫。虽说是独居老人，但有家政女佣定期上门服务，真可谓万幸。

167

体液飞沫的痕迹在卧室前就消失了。终于到了进入现场的时刻。即使隔着防毒面具，五百旗头也能感到站在后面的两个人的紧张。

打开门的瞬间，一股热气扑面而来。护目镜一下子模糊了。五百旗头迈步进入房间，发现室内情况和预想的一样。

首先，无数的苍蝇贴在护目镜上。五百旗头像驱散烟雾一样挥手赶走苍蝇。

护理床采用电动躺椅式设计，相当大，但由于卧室本身很宽敞，所以并没有压迫感。床单中央有人形体液。体液从床单一端滴落到地板上，形成一摊褐色积液。

无数的蛆虫在体液上蠕动。在高温高湿的环境中，也不知有多少只已经孵化。光是想象一下就会令人郁闷。

"除虫之后，把床单和床垫都拿走。床本身也要拆掉丢弃。"

在室内喷洒大量杀虫剂之后，以苍蝇为首的害虫在白色烟幕中纷纷落下。

除了床，房间里还有写字台和书架，可见这里曾是卧室兼书房。书架上摆放的几乎都是投资方面的专业书籍，只有寥寥几本闲书，看书名应该是历史小说。房间里一张照片都没有，看起来十分冷清。

十五分钟过去了，三个人暂时离开房间，脱下防毒面具，汗水立刻像瀑布般流下来。

香澄一边擦汗，一边对白井说话："我说，白井先生。"

"怎么了？"

"我第一眼看到白井先生的时候，觉得你虽然很瘦，但身体很紧实，还以为你去健身房锻炼了呢！现在我才知道，如果一直从事特殊清扫工作，有这样的身材也是自然而然的。"

"就算不去健身房，运动量这么大，出这么多汗，想不瘦都难。"

"这样不仅不用交健身房会费，还反而有工资可拿，真是太棒了。"

最近，香澄开始说一些自嘲的玩笑。五百旗头认为这不是什么不良倾向。无论看起来多么华丽的职业，都有不为人知的阴暗面。光看外表是无法察觉内在的黑暗的。新人满怀希望地进入这个行业，后来却大失所望，就是因为他们被这些阴影绊倒了。

负面的影响是不能轻易消除的。你首先得有耐性，而培养耐性的第一阶段就是从客观的角度看待问题。一旦你具备了客观的视角，自嘲和黑色笑话就会脱口而出。然后，只要有决心和进取心，你就会变得坚强。

害虫大致消灭完毕后，开始喷洒消毒剂。在香澄消毒和清除害虫尸体的同时，五百旗头和白井开始一起收拾床铺。

床单被揉成一团塞进垃圾袋。至于床垫，虽然有三十厘米厚，体液却已经渗到了底部。反正不打算再利用，于是两人一起将其切割成碎片。几个垃圾袋很快就装满了。

处理完床垫，终于要着手拆解床体了。虽然价格昂贵，但在看不见的部分可能隐藏着体液和病原菌，只能废弃。

最近流行的电动躺椅拆解起来非常费时费力。原因在于四个马达和极其坚固的躺椅框架。马达很难卸下来；躺椅框架不仅很难拆解，而且十分沉重。五百旗头和白井两人手持螺丝刀，迎难而上。经过三十分钟的艰苦战斗，他们终于将躺椅拆解成可以搬出去的大小。接下来，只需拆下床头板、床底板和床脚板就行了。

"去喘口气吧！"

五百旗头一声令下，大家开始了不知第几次休息。按计划，消毒后还要进行除臭，然后特殊清扫工作就可以结束了。

"清扫完卧室，就只需要处理走廊上的飞沫了。"

"我和白井君还有拆床的工作没完成，走廊就交给秋广小姐了。如果不得不拆掉地板的话，请告诉我。"

"明白。"

正当五百旗头下达指示的时候，一个身影挡在了五百旗头等人的面前。

"差不多结束了吧。"

是以千鹤子为首的三姐妹。五百旗头摇摇头，心想她们实在太急躁了。

"卧室的除臭、床的拆解和走廊的清扫还没有完成。"

"走廊上从卧室到玄关只是滴了些脏水。上面铺个垫子什么的，应该就可以来回走动了吧？"

死者的长女千鹤子发问后，二女儿枞山梨奈紧接着说："对啊，只需要给卧室除臭就行了。你们把自己关在卧室工作，我们出入其他房间也不会有什么问题吧！"

"不是这样的。如果污染很严重的话，各位搞不好会感染。而且，走廊的地板也很可能要拆掉，那样就会影响宅邸内的活动。"

"我们不想打扰你们的工作，但这种情况下不是应该优先考虑家属的意愿吗？而且，咱们也要尊重父亲的遗愿啊。身为父亲，他应该希望马上把遗物交给自己的女儿才对。再说了，我们也不是什么都没准备。"

梨奈边说边从包里拿出拖鞋。千鹤子也跟着拿出了鞋子。

"我的两个妹妹也准备好了。你们只要彻底打扫卧室和走廊就行了。我们自己会做我们该做的事。"

千鹤子话音一落，梨奈就走进了房子。

"喂，请等一下。真是伤脑筋啊。"

五百旗头慌忙制止，但为时已晚。逝者的两个女儿争先恐后地进入了宅邸。

只有小女儿冈田彩季一个人孤零零地站在门外。

"两位姐姐让您见笑了，真是不好意思。"彩季羞愧地低下头，"她们两个平时都不是那样的，不过自从听说可以分得遗物，她们就变得有点性急。给您添麻烦了。"

"您不着急吗？您的两位姐姐兴冲冲地闯进来，就像谁先拿到谁得似的。"

"因为我是家里最小的孩子，所以父亲非常疼爱我。有这些回忆就足够了。"

171

"这么说,您要放弃领取遗物吗?"

听到这个问题,彩季稍微思考了一下,然后答道:"也不是。如果有什么东西能让我沉浸在对父亲的回忆中,我会很高兴的。"

"那您就进去找找看吧!"

"可以吗?"

"反正您的两位姐姐已经在房里跑来跑去的了,再多一个人也没什么区别。"

"那我就恭敬不如从命了。"

彩季向三人点点头,跟在两位姐姐后面走了进去。

由于特殊清扫的工作性质,贪得无厌的遗属,五百旗头见过好多次。但像诹访姐妹这样露骨又无耻的遗属还是第一次遇到。不管怎么说那里都是自己父亲家,她们却一副旁若无人、为所欲为的架势,把客厅和书房翻得乱七八糟,疯狂搜刮贵金属和高档家具,甚至连挂在墙上的画也不放过。

"等一下。那个石版画是我先发现的。"

"我两年前就相中了。梨奈,那个座钟让给姐姐吧!"

"真讨厌。父亲活着的时候就说过迟早会给我的!"

"有证据吗?"

"我说,咱们可没说好谁抢到就算谁的。咱们今天来这儿,只是先挑选一些看起来值得分配的遗物而已,所有权以后再商量确定。"

"可是啊,梨奈,你不觉得最先发现的人有优先权吗?"

四　正遗产与负遗产

"喂，你们两个小声点。"

"比起不动产和股票，这些摆设和画简直微不足道。"

"即使如此，卖掉还是可以赚钱的。你们要是在这里偷偷拿走什么东西，我可不会善罢甘休。"

三姐妹在走廊上争吵的声音也传进了卧室，白井每次听到都会眉头紧锁。

"至少不是什么感人的故事，五百旗头先生。"

"但这是别人的家事。白井君，想必你也听惯了这种遗属之间的纷争吧。"

"那倒没错。可我还以为富人家的孩子更有修养呢。"

"虽然有句古话说'衣食足而知礼节'，但腰缠万贯的人未必心灵高尚啊。"

"确实如此。"

特殊清扫这份工作干久了就会得到一些东西，但也会失去一些东西。虽然这是个恼人的问题，但五百旗头认为，关键是所得要大于所失。

五百旗头弯下腰，想把床底板拆下来。他看到床脚时，顿觉有点蹊跷。

"奇怪啊。"

"怎么了？"

"床脚上装着万向轮。"

"是不是因为有时候必须移动床？"

"同意。但应该不是为了打扫。"

五百旗头使了个眼色，白井会意地点点头。两人抬起床的两侧，试着横向挪开。

床的正下方出现了一个五十厘米见方的隔板。隔板上没有地板花纹，但有一个带手柄的门。

"五百旗头先生，这是……"

"这就是床脚上装着万向轮的原因。"

五百旗头握住门把手，慢慢抬起门。

里面露出一个转盘式防火保险箱。

特意隐藏在床下秘密空间里的防火保险箱。里面装的东西定然价值不菲。

"白井君，能不能麻烦你把遗属都叫过来？我觉得这箱子里大概藏着比摆设和画更重要的东西。"

"知道了。"

除臭工作已经基本结束，正在打开窗户通风换气。这时候把遗属请进来的话，应该不会感染。

听到消息后，千鹤子等人立刻冲进卧室。

"秘密保险箱？"

"竟然藏在床底下，难怪我们找不到。"

你们找过吗？五百旗头满心鄙夷地耸耸肩。

他同白井两人试图将保险箱抬起来。这个防火保险箱看上去不大，却相当沉。可能有四十千克左右。为了避免损坏地板，他们费了很大的力气才将箱子取出来。

"是转盘密码锁。有人有保险箱钥匙吗？或者知道密码？"

三姐妹面面相觑，但都只是摇头。这是意料之中的事，看来只好多费点工夫了。

"既然没有钥匙，也不知道密码，那就只能破坏保险箱了。各位意下如何？"

"破坏了也无所谓。"千鹤子没有表现出丝毫犹豫，"如果父亲在这里，也会让我们这么做的。"尽管有点胆怯，千鹤子还是强忍着没有表露出来。

"撬棍好像撬不开。白井君，你去车上拿锤子和切割机来。"

"明白。"

如此坚固的防火保险箱，如果乱敲乱打，铁质部分就会变形，愈发难以打开。所幸铰链露出来了，应该先把它切断。

"拿来了。"

五百旗头立刻拿起切割机，开始切断铰链。刺耳的声音响彻整个房间，但三姐妹眼睛一眨不眨地注视着铰链被一点点切断。

几分钟后，铰链被顺利切断。但这还不足以打开保险箱。接下来，五百旗头将切割机的旋转刀片抵住门口，再次启动机器。

切割机嗡嗡轰鸣，势如破竹地往下切，突然发出一阵刺耳的声响。五百旗头早已料到这一点。保险箱内部填满了气泡混凝土，阻止了刀片侵入。

用白井拿来的锤子不停地敲打混凝土，终于产生了裂缝。伴随着一记闷响,混凝土破碎了。清除混凝土碎片后,露出了另一块铁板。

第三次开启切割机。几分钟后,刀片终于贯穿了铁板。

"打开了哟。"五百旗头说,三姐妹不约而同地屏住了呼吸。"嘿哟!"

里面是一封信,上面字迹鲜明地写着"遗嘱"二字。

三姐妹的眼神陡然一变,仿佛被五百旗头拿起的遗嘱吸引一般,纷纷聚拢过来。

"遗嘱……怎么会在这里?"

"是不是哪里弄错了?"

"姐姐,快点打开看看!"

姐妹三人刚要伸出手,就被五百旗头制止了。

"对不起,诹访女士,逝者有没有聘请律师或司法代书人?"

"是的。我们家有一位顾问律师。"

"能尽快联系他吗?地板下的暗门后有防火保险箱。戒备如此森严,我们最好不要轻易打开遗嘱,以避免日后麻烦。"

先机已失,千鹤子只好一脸不满、不情不愿地点点头。

闻讯赶来的是诹访家的顾问沟端美咲律师。

"看来你们正在进行特殊清扫啊。在打开遗嘱之前联系我,真是帮了大忙啦。"沟端律师深深地鞠了一躬,"像诹访家这样的富豪家庭,因为遗产分割协议而引起纠纷是很常见的,最好把这个问题

四　正遗产与负遗产

交给顾问律师处理。"

"沟端律师知道遗嘱的内容吗？"

"不知道。不过，我上个月接到诹访连司郎先生的电话，询问遗嘱的成立要件。我本以为他只是询问一下就算了，很快就会委托我订立遗嘱，没想到他居然自己就立了。"

五百旗头和沟端律师交谈的地方，是已经清扫完毕的卧室。接下来，沟端必须前往客厅，在那三姐妹面前宣布连司郎的遗嘱。即使不知道遗嘱内容，也可以预料到一场风波在所难免，五百旗头不禁觉得沟端有些可怜。

"话说回来，家政女佣竟然也要在场，真是令人吃惊啊！"

"连司郎先生联系我的时候，特意交代如果有机会宣布遗嘱的话，一定要让桂女士也在场。"

"原来如此。那就请您好好履行职责吧。"

"您在说什么啊？五百旗头先生也要在场啊！"沟端律师理所当然地说，"五百旗头先生，您也负责遗物整理吧？遗嘱中可能也提到了遗物，请务必一同前往。"

"那好吧。"

五百旗头已经打发白井和香澄先回去了，他在这里多花点时间也不会影响工作。就遗物整理来说，最好能当场知道遗嘱内容。

走在走廊上，沟端律师小声问："您是否参加过商讨遗产分割协议的座谈会？"

"没有，遗物分配的场面也有点混乱。"

177

"谁说不是呢。"沟端律师轻叹一声,"站在我的立场上,本来是不该大声说出来的,但'不为儿孙买美田'[1]这句话还真是至理名言啊。"

客厅里,三姐妹并排而坐,角落里还坐着一个五十岁左右的女人,看上去很不自在。想必她就是家政女佣桂幸惠。

"让各位久等了。"环视众人之后,沟端律师开口道,"那么,请允许我打开……咦?"她一脸不解地从信封中取出了两封信,"真奇怪,遗嘱竟然有两份。呃,那我先从这份开始念。遗嘱人诹访连司郎订立遗嘱如下——"沟端律师停顿片刻,先扫了一眼文本,"'一、土地及建筑物(参照后述财产目录)以合理的价格出售,获得的金钱由诹访千鹤子、朴山梨奈、冈田彩季三人平均分配。'"

"怎么可能?居然是平均分配。"

千鹤子大声反驳,沟端律师却不理会,继续说道:"'二、诹访连司郎名下的存款也同样由三人平均分配。'"

"开什么玩笑!"梨奈困惑地喃喃自语。

"'三、诹访连司郎名下的有价证券,也在市场上以合理的价格出售,同样由三人平分所得。'"

彩季轻轻叹了口气。

"'四、宅邸内的贵金属、家具和设备,委托给旧货商店或者

---

[1] 出自明治维新功臣西乡隆盛创作的一首汉诗:几历辛酸志始坚,丈夫玉碎愧砖全。一家遗事人知否,不为儿孙买美田。

合适的业者变卖，获得的现金仍由三人平均分配。'"

三姐妹什么也没说。平均分配的安排似乎让她们大感意外。

"'另外，除了上面列举的要分配的财产之外，还要从存款中拿出三千万日元，送给不辞辛劳精心护理我的桂幸惠女士。'"

"啊？"幸惠惊讶地叫了一声，"不会吧，居然要给我三千万？"

"'立遗嘱者指定自家的顾问律师沟端美咲女士为遗嘱执行人。二〇二二年八月二日，諏访连司郎。'"

"这份遗嘱无效。"沟端律师刚念完，千鹤子就厉声反对，"三个女儿平均分配什么的，简直荒唐透顶！这份遗嘱违背了父亲的遗愿，是伪造的文件！"

"不是的。"沟端律师突然语气强硬起来，"恕我直言，这份遗嘱在法律上是完全有效的。前几天，连司郎先生问我遗嘱的成立要件时，我是这样说明的：一、遗嘱人本人必须亲笔书写全文。二、必须写明遗嘱的订立日期。三、户籍上的姓名必须是正确书写的全名。四、落款后必须盖章。这份遗嘱盖有连司郎先生的正式印章。因此，这份手写遗嘱在法律上是完全有效的。"

沟端律师语气威严，三姐妹都不敢出声。与此同时，将获得三千万日元遗赠的幸惠激动地哭了起来。

一脸不满的三姐妹和被幸福感包围的幸惠形成了鲜明的对比，但这种气氛被沟端律师的声音打破了。

"等一下，请等一下。"

怎么回事？五百旗头诧异地转过头，只见沟端律师正在浏览第二封信。

"不会吧……如果这是真的，遗嘱的内容就会发生改变。"

"律师女士，信上到底写了什么？"

听到五百旗头的询问，沟端律师皱起了眉头。

"我认为这也是遗嘱的一部分，所以要念给大家听——'立完遗嘱后，我开始害怕。我的家人中有人想杀我。我不知道是谁，但肯定有人想要马上获得遗产。如果我意外死亡，则有可能死于他杀。二〇二二年八月四日，诹访连司郎。'这也是全文亲笔书写的，有诹访先生本人的签名。"

三姐妹和幸惠听完这部分遗嘱，脸上无不露出动摇的神色。

"假设……假设是继承人中有人谋杀了连司郎先生，那么此人就会自动被排除在遗产分割协议之外。当然，我也必须向警方报告遗嘱的事。"

2

正当五百旗头觉得形势微妙的时候，警察急匆匆地赶到了。

"我是葛饰警察局的绿川。"

幸好是熟识的刑警。

"沟端律师联系了我，我立刻飞奔过来了。没想到护理床下面有一扇暗门。这也多亏了五百旗头先生啊！"

"请不要放在心上。对了,警方断定诹访连司郎先生是病死的吗?"

"老实说,在验尸阶段并没有发现异状。"尽管负责验尸的不是自己,绿川还是不无遗憾地说,"主要死因是心绞痛发作。处方药还放在写字台上,验尸官判断死者发病时够不到药,因此心搏骤停而死。"

"药没有问题吗?"

"是从常去的药店开的钙通道阻滞剂,绝非假药。"

"病人心绞痛发作的时候,如果手边没有药物,直接死亡的可能性很大啊!"

希望连司郎死的人,只要把钙通道阻滞剂藏在他够不到的地方,就能达成目的。没有比这更省事的谋杀了。

"宅邸的钥匙在谁手上?"

"连司郎先生本人把备用钥匙交给了家政女佣桂幸惠女士保管。另外,为了应付紧急情况,长女千鹤子也有一把。"绿川似乎也在思考同样的问题,眼中浮现出怀疑的神色,"如果没有找到写有遗嘱的信件,警方就会认为死者是病死的,结案了事。全部财产三等分给三姐妹,这样的安排也极其正常。但考虑到诹访家的总资产,即使三等分也是巨额财富。如果继承人经济拮据,一定希望被继承人早点死去吧。对了,遗物里有没有什么值钱的东西?"

"三姐妹把宅邸里所有值钱的东西都收集起来了,目前正在请贵金属鉴定师进行评估。对普通人来说,这些东西的价值也是超乎想象的。"

"不管怎么说，有人会因为连司郎先生的逝世而受益，连司郎先生本人也担心自己的生命受到这种人的威胁。这是非常重要的事实。"

连司郎的遗体被送到监察医务院进行解剖，但没有发现特别可疑的地方，所以死亡诊断书已经发给了千鹤子。如果她向政府提出申请，遗体将被即日火化。

"我会向诹访千鹤子女士说明情况，请她暂缓向政府提出申请。预定今天再次进行遗体解剖。"

"从监察医务院转到法医学研究室吗？不过，如果是因为心绞痛发作而死的话，就算主刀医生换人，解剖结果也不太可能有很大差异。"

"话虽没错……"绿川犹豫起来。如果情况发生了剧变，他们可能不得不重新审视解剖报告。

"不管怎么说，在目前情况下，我不能执行遗嘱。"一直沉默不语的沟端律师插话进来，"除了等警方的调查结果，别无他法。因为三姐妹中有凶手的话，此人当然就会失去继承人资格。"

"沟端律师，遗嘱和附带的信件是连司郎先生亲笔写的，没错吧？"绿川再次确认道。

沟端律师或许觉得受到了冒犯，明显表露出厌恶的神色。"我已经将遗嘱同本事务所保管的文书比较过了，笔迹和签名都是真的。如果需要的话，可以请科搜研进行鉴定。"

"那就先把所有文件都交给我吧。除了沟端律师以外,没有人碰过遗嘱吧?"

"是的。信封姑且不论,反正里面的东西只有我一个人碰过。"

也就是说,如果在遗嘱和信件上发现了沟端律师以外的人的指纹,那这个人就会成为嫌疑对象。

"我也想反过来问问绿川先生,在进入连司郎先生的卧室时,鉴定人员有没有发现什么可疑的东西?"

"我们当然认真进行了取证工作。但宅邸内只发现了连司郎先生和家政女佣桂幸惠女士,以及三姐妹的毛发和指纹。三姐妹每年都会回家几次,留下毛发和指纹是很正常的。"

绿川、沟端和五百旗头都没有明说,正因为这三姐妹经常出入,所以才摆脱不了嫌疑。

"宣布遗嘱的时候,三姐妹有什么反应?"

"我只顾着宣读内容,没有仔细观察。五百旗头先生觉得呢?"

"我觉得有点不对劲。"

一听这话,绿川连忙追问:"哪里不对劲?"

"或许因为我是个平头老百姓吧,我觉得三姐妹对平均分配遗产感到很意外。尤其是长女千鹤子女士和次女梨奈女士,她们看上去非常气愤。就算只分到了三分之一,也应该是一笔丰厚的遗产啊。"

"这不是理所当然的吗,五百旗头先生?有钱总比没钱好,钱多总比钱少好。即使手上的钱已经足够生活了,也想要得到更多。

这就是人的本性啊。"

其实不对劲的地方还有一个,只是感觉太模糊了,五百旗头没有说出口。

虽然千鹤子和梨奈怒火冲天,但还不至于抓住沟端律师撒泼。愤怒归愤怒,但还是有所克制。在五百旗头看来,她们之所以能自我克制,不是因为分到了三分之一的遗产,而是因为她们其实早有准备。

"哎呀!说到底,五百旗头先生只是普通市民罢了。"绿川一副担心言多必失的样子,捂住自己的嘴,"您也知道,警方的调查情报是要保密的。"

五百旗头很想抗议说,他也不是自愿卷进这个案子的,但这话他也没有说出口。

"抱歉,只能我向您单方面提出要求,但如果您有什么新消息,请随时告诉我。"

绿川打了句官腔,就去见等在客厅的三姐妹了。这是身为警察应有的态度。倘若五百旗头处在对方的立场上,也会采取同样的应对方法。

不过,沟端律师的想法似乎有所不同。

"五百旗头先生,将您卷进这样的麻烦事里,我要衷心地向您表达歉意。"

"不要紧。"

"虽然警方不得不采取那种态度,但我还是希望在执行遗嘱之前,能与五百旗头先生共享信息。当然,前提是获得五百旗头先生的同意。"

俗话说:一不做,二不休。既然被卷进来了,索性奉陪到底吧。

"遗物整理和遗嘱中的四个条款相互关联。这也算是某种缘分吧,我会全力配合你的。"

"谢谢。"沟端律师松了一口气,压低声音道,"其实我有点不安。虽然我曾经数次被指定为遗嘱执行人,但和谋杀案扯上关系还是头一遭。"

"您担任诹访家的法律顾问很久了吗?"

"已经五年了。连司郎先生参与的投资曾经在社交媒体上遭到诽谤中伤,从那时起我和他就签订了顾问合同。"

"连司郎先生把自己的工作法人化了吗?"

"他几乎可以说是一名个人事业主,毕竟是投资界超级有名的人物,所以发展成诉讼的纠纷并不少见。"

也就是说,比起财产管理,沟端律师更擅长应对诉讼。

"起诉连司郎先生的人里面,有没有人希望杀死他?"

"因为涉及金钱问题,恨他的人自然会恨之入骨。但要说采取实际行动的话,那就不一定了。"

目前,因为涉及遗产纠纷,嫌疑人被限定为三姐妹。由于第三者不可能知道连司郎的病情和处方药的事,所以可以不考虑第三者作案。不管怎样,绿川他们应该会从附近的监控录像中查出可疑人员。

"您担任了五年顾问律师,连司郎先生的为人,您应该很清楚吧?他是个什么样的人呢?"

"我不太想说雇主,而且是逝者的坏话。"

这句话说出来,其实就已经暗含褒贬了吧。

"不管别人对他的评价是好是坏,我只能说他是成功人士传记中的人物。要在证券交易的世界里成功,没有他那样特立独行的个性是不可能的吧。"

"他与家人之间的交流怎么样?"

"我只见过三姐妹两三次,不知道她们与父亲的关系是否和睦。不过,三姐妹好像都不经常回父亲家。"

"为什么您会这么觉得?"

"因为连司郎先生几乎没有提到过自己的女儿。一般来说,患有宿疾的老人首先会谈到孩子。"

"三姐妹之间似乎也有矛盾。"

"再说一遍,'不为儿孙买美田'这句话道破了诹访父女关系的真相。"沟端律师一连叹了好几口气。管理他人的财产竟会积累如此多的精神疲劳吗?"这句话原本的意思是告诫父母不要积累财富,因为这可能会剥夺子孙的独立性。但是,比剥夺独立性更严重的是埋下同室操戈的种子。一直关系融洽的兄弟姐妹因为遗产继承问题而剑拔弩张的例子屡见不鲜。"

"她们三姐妹都结婚了吧?她们的丈夫插手这次的继承纠纷了吗?"

四 正遗产与负遗产

"继承人毕竟是三姐妹,她们的配偶无权过问。光是她们三个就已经让人招架不住,就不要再拉她们的丈夫来火上浇油了吧。"

听到这句发自肺腑的感慨,五百旗头只能点头表示理解。

"我先告辞了。五百旗头先生您打算怎么办?"

"我想和家政女佣谈谈。关于连司郎先生的近况,与其去问三姐妹,还不如去问她。"

"你对逝者的为人这么感兴趣?"

"大概是从事特殊清扫工作的缘故吧,比起活着的人,我对已死之人更感兴趣。"

五百旗头在宅邸内寻找了一番,发现幸惠正端坐在厨房的桌子前。一墙之隔的客厅里,绿川应该正在询问三姐妹。

"原来您在这里啊。这座宅邸很大,应该还有其他房间可以待吧!"

"厨房是最让我安心的地方。请问有什么事吗?"

"嗯,我只是想听听桂女士对连司郎先生的印象。"

"我对诹访先生的印象?问我这种事有什么用呢?"

"可以为遗物整理工作提供参考。我希望尽可能遵照逝者的遗愿来分配遗物。因此,了解逝者的为人也会有所助益。"

"我只照顾了他两年而已。"

"但您比任何人都离他更近,家人和顾问律师也赶不上您。"

"那倒也是。"

"讲述往事不也是对逝者的一种怀念吗?"

"往事啊。"幸惠仰望着天花板,仿佛陷入了回忆。

"他是个叫人操心的老人吗?"

"他有宿疾,但可以在宅邸内正常走动,也不需要我推轮椅。他不会妨碍我打扫卫生,对食物也不挑三拣四。从这个意义上说,他不需要我怎么照顾他。"

"就是说,他在其他方面比较麻烦?"

"他的脾气有点暴躁。他经常一边在电脑上看股市行情一边说脏话。如果找不到他心爱的钢笔,他就会生气。就算后来找到了,也会因为浪费了时间而发火。"

"老人常有这种毛病。"

"他经常冲着东西发脾气,但这总比冲着人发脾气好吧。尽管已经年过八十,他依然头脑清晰。如果不是宿疾缠身,他可能早就冲进证券交易所了。"

"他可真是个急性子。"

"比起慢条斯理的人,性格急躁的人似乎更适合从事股票交易。这是诹访先生的原话。"

从交谈中可以看出,幸惠对待连司郎就像对待顽童一样。连司郎是不是也有一些依赖幸惠的地方呢?

"作为兼任护士的家政女佣,只需要特别留意照顾对象突然发病这种事。至于老人的牢骚抱怨和胡言乱语,左耳朵进右耳朵出就好了。"

"看来您和死者的关系不错啊,否则遗嘱中也不可能提到您。"

四　正遗产与负遗产

"听到我的名字，我自己也吓了一跳。"她的语气突然变得平静起来，"我确实照顾过诹访先生，但那只是工作范畴内的事。除了在事务性工作上帮了点忙，我其实什么也没做。尽管如此，诹访先生还是留给了我三千万。直到现在我都在怀疑是不是多写了两位数。"

"这大概是脾气暴躁的逝者竭力表现出来的诚意吧。您心存感激地接受赠予就好。对了，连司郎先生有没有提过他的三个女儿？"

"对诹访先生来说，谈论家人是一种禁忌。"幸惠脸上露出苦涩的表情，仿佛尝到了什么难吃的东西。"因为要把大门钥匙交一份给长女千鹤子，我曾向诹访先生提到过他的女儿。那也是仅有的一次。结果诹访先生突然变得很不高兴，执拗地说'我不想谈这个话题。'他不是害羞，而是打心底里不喜欢三个女儿，所以我决定以后尽量避免谈及他的家人。"

"哦，那也太极端了吧。他和三个女儿之间到底发生了什么事？桂女士，难道您对此一无所知？"

幸惠的肩膀耸动了一下。

在谈话中五百旗头已经猜到了。性情暴躁的连司郎之所以连续雇用幸惠两年，大概是因为他和幸惠合得来。这样假设的话，连司郎把家庭纠纷告诉幸惠的可能性就很大。

果然，幸惠像是担心被隔壁客厅里的人听见似的，压低了声音。"如果我老老实实说出来，您能最大限度地尊重逝者的遗愿吗？"

"这是我的职责所在。"

"事情跟一个新兴团体有关。"

听到"新兴团体"这个词，后续的发展就不难预料了。

"千鹤子和梨奈迷上了奇怪的新兴团体，抨击诹访先生的工作是卑微的职业，指责诹访先生是利欲熏心的守财奴。她们还擅自给那个团体捐献财物。从那时起，父女关系就完全恶化了。"

"千鹤子女士和梨奈女士现在还是信徒吗？"

"不知道。我没听说她们已经退出该团体。从诹访先生对她们一如既往的冷淡态度看，她们应该还是信徒吧。"

原来这就是两姐妹对财产分配大为不满的原因。

捐赠和施舍得越多，就越能得到救赎，那些冒牌教派就是打着这样的旗号招摇撞骗的。如果千鹤子和梨奈至今仍是那个新兴团体的一分子的话，为了多捐出一分钱而争夺遗产不是理所当然的吗？

"尽管如此，他们毕竟还是父女啊。不管关系多么疏远，诹访先生最后还是将财产均分给了三个女儿。"

"最后还有一件事。和三个女儿不再来往之后，连司郎先生有没有感到孤独呢？"

"他那样的人，孤独寂寞的神情，他是一刻也不会流露的。不过话说回来，他的内心是谁也无法窥探的。"

听着幸惠的回答，五百旗头感到大伤脑筋。

因为现实情况矛盾重重，令人费解。

3

沟端律师打电话给终点清扫公司,是在清扫工作结束后的第二天。

"五百旗头先生,现在方便吗?"

沟端律师的语气非常急迫。即使五百旗头以自己很忙为由加以拒绝,她也会强行要求五百旗头前往吧。

"希望您马上跟我走一趟。诹访千鹤子女士叫我去她家,说是要谈谈有关遗产继承的重大事宜。"

五百旗头仿佛能看见电话那头神情严肃的沟端律师。既然已宣称要全力配合,除了同意,似乎也别无选择。

"请先到我的事务所来,我们从这里一起去她家吧。"

五百旗头依言来到沟端律师的事务所,开着她的车前往诹访千鹤子家。

"现在说虽然有点晚了,但既然诹访先生给千鹤子招的是上门女婿,这对夫妻为什么还住在别的地方啊?入赘的话,通常都会和父母同住吧。"

"他们是被赶出来的。"沟端律师语调轻快地说,"好像是千鹤子女士本人或是她丈夫惹怒了连司郎先生,被赶出了宅邸。不过,具体原因千鹤子女士本人不愿透露。"

跟顾问律师袒露实情应该没有关系吧,五百旗头这样想着,将从幸惠那里获悉的情况讲了出来。

"竟然跟什么团体有关系！的确，如果自己赚的钱被擅自捐赠，而且是捐给了可疑的团体，连司郎先生会大发雷霆也不奇怪。啊，原来如此。怪不得千鹤子女士和梨奈女士才会固执地要求多分一点遗产啊。"

"关于那个新兴团体，我稍微调查了一下。就是那种常见的冒牌组织，给信徒洗脑，不惜让信徒债台高筑也要从他们身上榨取金钱。"

粗略浏览一下网络信息，就会发现关于那个团体的大量恐怖传言。信徒的家庭普遍陷入不幸，自杀者和一家离散者不计其数。五百旗头认为，不管打出的旗号多么高尚，让人陷入不幸的新兴团体都不是什么好的组织。要说那是什么的话，第一个想到的就是诈骗。

"我觉得，如果两个女儿被洗脑了，身为父亲，一般都会努力营救女儿，让她们迷途知返……不过，以连司郎先生的个性，或许不会这么做。他曾公开表示'不想和不讲道理的人见面'。"

"但那是他的亲生女儿啊。"

"所以才愈发不想见了啊。他不愿承认自己的亲生女儿是那种轻易就被洗脑的人吧。"

女儿逃避到不靠谱的团体里，父亲则逃避现实。归根结底，他们都是在逃避。

被轻易洗脑的长女居住的房子，是一座三十年前建造的木制房屋，根本无法与连司郎居住的宅邸相提并论。

四　正遗产与负遗产

千鹤子独自在家中等待。沟端律师与五百旗头被领进客厅,但经过走廊的时候,五百旗头瞥见了另一个房间里有一个陌生的祭坛。看来幸惠的话是真的。

"昨天让您见笑了,真是不好意思。"

千鹤子向沟端律师微微鞠了一躬。至于五百旗头,千鹤子似乎只把他当作可有可无的存在。

"今天有东西想给您过目,所以才把您请过来。"

"听说是关于遗产继承的事。"

"宣布遗嘱的时候,我惊慌失措,真是惭愧至极。不过,我有充分的理由惊慌失措。"

"请告诉我是什么理由吧。"

"就是这个。"

千鹤子递出一封信,上面写着"遗嘱"二字。

五百旗头和沟端律师面面相觑。

"我可以看一下里面的内容吗?"

"当然可以。我就是为了这个才把您叫来的。"

沟端律师打开信,旁边的五百旗头也探头查看。

遗嘱

我諏访连司郎遗言如下:

一、我所拥有的不动产及有价证券全部以合理的价格出售，其中三分之二给长女诹访千鹤子，剩下的三分之一给次女杁山梨奈和三女冈田彩季。

二、宅邸内的贵金属及设备以合理的价格变卖，仍按照与第一款相同的比例分给三个女儿。

三、诹访连司郎名下的存款也应分给长女诹访千鹤子三分之二，次女杁山梨奈和三女冈田彩季各六分之一。

二〇二二年八月五日
诹访连司郎

读完内容后，沟端律师凝视了一会儿文末。

"是邮寄到我家的，寄件人是我父亲。"

"您为什么没有告诉我这份遗嘱的存在呢？"

"因为我收到这份遗嘱之后，您宣布了另一份遗嘱。我听说，后立的遗嘱优先，所以我很着急。但是，回到家确认日期之后，发现这份遗嘱立得更晚，所以稍微安心了一点。今天之所以把您请来，就是想确认一下这份遗嘱是否有效。"

放在保险箱里的遗嘱的订立日期是八月二日，而这一份遗嘱的订立日期是八月五日。正如千鹤子所说，这份遗嘱立得更晚，所以先前的遗嘱自动无效。

原来如此，知道这份遗嘱的内容，就可以理解千鹤子为何在律师宣布保险箱里的遗嘱时大喊大叫了。毕竟，她继承的财产减少了

四　正遗产与负遗产

五成。

被继承人可以自由决定遗产的分配，但如果遗产只给几个继承人中的一个，其他遗属的生活就无法保障。因此，被继承人的自由裁量权受到了一定的限制。这就是"保留份额"制度[1]。

如果只有子女是继承人，则保留份额被规定为原法定继承份额的二分之一。诹访家的情况，继承人是三个女儿，法定继承份额各为三分之一，保留份额是其一半，也就是六分之一。千鹤子得到三分之二，梨奈和彩季各得到六分之一，这样的比例符合法律对保留份额的规定。

但是，也有值得注意的地方。签名下面盖的似乎是便章。

"沟端律师，印章不是正式印章吧？"

"是的。但并没有规定必须盖正式印章，只是因为正式印章的管理和证明更方便罢了。"

"我想，父亲立下那份遗嘱之后一定后悔了。"昨天惊慌失措的样子仿佛是刻意为之，千鹤子现在的言谈举止尽显从容不迫，"一开始，父亲从姐妹平等的角度考虑，写下遗嘱并放入保险箱，将护理床移动到暗门正上方。但是三天后，他意识到自己的错误。他觉得还是应该把长女和其他人区别开来。然而，把之前写好的遗嘱拿出来重新订立太麻烦了，于是他立即起草了一份真正的遗嘱，

---

[1] 以日本民法为基础，旨在保护继承人权利的一种制度。"保留份额"指的是继承人应得的最低限度的财产。也就是说，对于一定的继承人，即使通过遗嘱，也不能剥夺其继承最低限度的遗产的权利。

并把它寄到了我家。"

"这当然是合乎逻辑的。因为那个护理床太大了。不过，千鹤子女士，如果您当时就告诉我这份遗嘱的存在，您同两位妹妹就不会发生争执了。"

"我很抱歉。但是，当我听到三个人平分财产的时候，我认为这种事情父亲是做得出来的。怎么说呢，我们毕竟不是普通的父女关系。"

"你们为什么关系不好？"

沟端律师肯定是打算从本人口中套出真相，所以才故意试探。但千鹤子并不是一个会老老实实说出真相的女人。

"每个家庭都有各自的问题。谈论这样的私事没有什么意义。我们父女之间很久以前出现了一些误会，并且始终没有消除，如此而已。"

"这样啊。"

"我们并没有感情破裂，父亲很快就改变了主意，这份遗嘱就是最好的证据。也就是说，这份遗嘱也是父亲同我和解的标志。"

五百旗头默默地听着，因为千鹤子实在太做作，他听得都快打哈欠了。

据沟端律师和幸惠所说，諏访连司郎这个人，是不会轻易原谅沉迷新兴团体、擅自拿走财产的女儿的。把长女和赘婿从家中赶走，肯定是为了阻止更多的财物流失。

千鹤子的陈述中也有矛盾之处。次女梨奈也同样被新兴团体洗脑，擅自拿走财物。那么，为什么千鹤子分得了三分之二的遗产，梨奈却只有六分之一呢？

"我们父女之间真的发生了很多事呀。"这话听起来简直像在极力掩饰，好打消五百旗头的怀疑一样，"自从母亲去世后，父亲就一下子变了。凡事都要抠死理，心思一点都不活络。这个世界并不是只靠逻辑驱动的。世间万物和所有的道理，都受到比我们更高层次的意志的支配。与这神圣的意志相比，理论和逻辑只不过是一堆垃圾。"

面对口若悬河的千鹤子，沟端律师和五百旗头再次面面相觑。

这样下去可不行。

"一旦失去了配偶，人就不可能跟从前一样了，尤其是男人。"沟端律师拼命想把话题拉回来，但对方似乎毫不在意。

"这是因为他缺乏信仰。如果每天都能听到更高意志的话语，就不会迷惘失意。父亲也许在一生中获得了巨大的财富，但那些钱不是靠流汗赚来的，而是所谓的不义之财。这样的钱财，最好交给那些知道如何使用它们的人手中。"

再说下去也是车轱辘话罢了。

当五百旗头快要失去耐心时，沟端律师打断了千鹤子。"我来保管这份遗嘱，可以吗？"

"没问题。我就是为了这个才叫您来的。请向我的两个妹妹好好解释一下这份遗嘱的合法性。"

"五百旗头先生您怎么看？"回程途中，沟端律师一脸困惑地搭话。

"怎么也说不通啊。就算强行解释，也只能越说越乱，不是吗？"

"我也这么认为。很难说那份遗嘱反映了连司郎先生的意愿。"

"这件事要向警方报告吗？"

"我们不能不报告吧。只是那样一来，警方的调查工作肯定会变得更加混乱。"

"能不能稍等一下再报告？"

听到五百旗头的请求，沟端律师露出了诧异的表情。

"目前有两份遗嘱，而仅凭日期就判定这两份遗嘱是否有效，这一点我实在无法接受。"

"可是，千鹤子出示的遗嘱也满足遗嘱的成立要件啊。"

"不管怎么说，如果想要伪造出一份像模像样的遗嘱，那可是出乎意料地简单。"

经过协商，两人决定推迟到第二天再通知警方存在另一份遗嘱。这个决定最终被证明是正确的。

因为几个小时后，情况又发生了新变化。

从千鹤子家回来，五百旗头去别处进行特殊清扫。正干着活儿，手机响了起来。

"五百旗头先生，现在方便吗？"

四　正遗产与负遗产

"这次又是什么事？"

"刚才我接到次女朴山梨奈的电话，希望我马上到她家去一趟，说是要谈谈有关遗产继承的重大事宜。"

"又是这样啊？"

"第二次麻烦您，真是不好意思。"

五百旗头又对自己说了遍"一不做，二不休"。那就只能全力配合了。

"我可以去您的办公室吗？"

"不用了，我现在就去接您。"

三十分钟后，沟端律师抵达特殊清扫现场，五百旗头立刻与她一起前往朴山家。

"我已经很久没有似曾相识的感觉了。"

"我也是。"

"听说那是大脑疲劳导致的一种错觉。最近我确实经常超时工作。"

"五百旗头先生，这不是错觉。"

"莫非姐妹俩统一了口径，想欺骗我们？那对姐妹的关系好不好呢？"

"不管怎样，这次的情况都相当棘手呀。"

朴山梨奈家同姐姐家一样，是用廉价建材修建的。墙壁上有许多裂缝，院子角落里丢着一台废旧的微波炉，让整个宅子看起来愈发凄凉落寞。而且都这个年代了，呼叫用的不是对讲机，而是门铃。

"欢迎光临，沟端律师。哎呀，特殊清扫公司的人也一起来了。"

"如果不方便的话，我就在这里等好了。"

"哪儿的话。证人越多越好。请您务必一起。"

两人被领入屋内，来到一个像是客厅的房间。四下打量，没有一件能让客人赏心悦目的家具，看起来都是从百元店买来的商品，或者干脆就是二手货。作为诹访家次女，梨奈就算拥有符合其身份的家产也不足为奇，结果她家中竟然如此破旧寒酸，应该是她执迷不悟地向教团捐赠的缘故吧。

坐在两人对面的梨奈迅速递出一个信封。果然，上面写着"遗嘱"二字。

"请检查一下里面的内容。"

"那我看看。"

即便是旁人也能看出，沟端律师正拼命保持镇定，不流露任何表情。五百旗头从侧面探头读信。

遗嘱

我诹访连司郎遗言如下：

一、我所拥有的不动产及有价证券全部以合理的价格出售，其中三分之二给次女枎山梨奈，剩下的三分之一给长女诹访千鹤子和三女冈田彩季。

四　正遗产与负遗产

二、宅邸内的贵金属及设备以合理的价格变卖,仍按照与第一款相同的比例分给三个女儿。

三、谏访连司郎名下的存款也应分给次女朴山梨奈三分之二,长女谏访千鹤子和三女冈田彩季各六分之一。

二〇二二年八月五日
谏访连司郎

看完遗嘱,沟端律师叹了口气,不知是出于困惑还是惊讶。

五百旗头同样惊愕不已。梨奈出示的遗嘱和上午千鹤子出示的几乎一模一样,不同的只是长女和次女的分配比例罢了。而且,连起草日期和印章都完全相同,这是在开什么玩笑!

"是盂兰盆节后邮寄过来的。寄件人是我父亲。"

连收到邮件的时间也一样吗?

"您为什么没有告诉我这份遗嘱的存在呢?"

"因为我收到这份遗嘱之后,又过了一段日子,您宣布了另一份遗嘱。我非常惊讶,不知道发生了什么事。但是,我在网上查了一下,发现后立的遗嘱才算有效。所以我想请您当我的证人。"

"您把这件事告诉其他姐妹了吗?"

"没有。她们听了肯定会不高兴的。"

也就是说,她觉得自己胜券在握,还有时间考虑对方的感受?

"从遗嘱内容来看,朴山女士的份额是其他两人的四倍。您知道为什么连司郎先生会这样安排吗？"

"我想这是理所当然的吧。"梨奈得意扬扬地说，"以前，千鹤子姐姐和姐夫同父亲住在一起。但是，夫妻俩因为某件事招致了父亲的不满，都被赶了出来。因为有这样的过去，千鹤子姐姐在父亲那里相当不受待见。"

听着这些大言不惭的话，连五百旗头都感到尴尬。梨奈不是也擅自拿走财物捐给了教团吗？她竟然能厚颜无耻地指责别人那样做，真叫人好生佩服。

"原来如此。那么，三女儿彩季为什么会受到同千鹤子女士一样的对待呢？"

"因为彩季也同样招致了父亲的不满啊。"

五百旗头有些意外。这句证词不是与彩季的话相矛盾吗？

"如果可以的话，能把事情的来龙去脉讲一讲吗？"

"也没什么来龙去脉，彩季就是同父亲合不来，而且是完全合不来。"梨奈乐呵呵地说，"彩季从小就是妈妈最疼爱的孩子，和父亲并不亲近。无论是升学还是就业，她的选择父亲都不赞同。她简直就像是故意跟父亲作对一样。彩季二十岁的时候，我们的母亲因为子宫肌瘤过度生长去世了，彩季将母亲的病逝归咎于父亲。她认为是父亲的性格把母亲逼到了绝境，最后精神崩溃才撒手人寰的。所以母亲去世后，彩季同父亲的关系更加恶化了。"

"您父亲真是那样的人吗？"

"那只是彩季的臆想。我认为，母亲并不是什么虔诚的人，所以才没有得到神灵的保佑。"

梨奈也和姐姐一样,被奇怪的新兴团体毒害了。如果信仰越虔诚寿命就越长,那和尚与神官不都应该长命百岁吗?

"彩季的思想虽然很极端,但父亲本来就性格乖僻,让家人无法靠近。他动不动就责备我们,挑我们的毛病,一个劲儿地贬低那些他看不惯的事。如果你一年到头都被否定,哪怕否定你的人是亲生父亲,你也会讨厌他的。"

"尽管如此,您还是连司郎先生最疼爱的孩子。"

"我有自知之明。"梨奈再次得意扬扬地说,"姐姐偷父亲的钱,妹妹则总是反抗父亲。虽然我没有整天黏着父亲,但排除了姐姐和妹妹这两个选项之后,父亲也只能选我了。"

"这份遗嘱可以交给我保管吗?"

"当然可以。我就是为了这个才特地叫您来的。"

离开朳山家后,沟端律师握着方向盘,发出一声沉重的叹息。"我都有点不知所措了。我刚准备好应对新遗嘱引起的争端,又出现了另一份新遗嘱。再加上连司郎先生死得如此凄凉,我都开始怀疑诹访家遭到了诅咒。"

"我赞成那家人遭到诅咒的说法。不过,每个家庭都有各自的诅咒。"

"是吗?但也有家财万贯、关系和睦的家庭吧。"

"父母对孩子的期待也是一种诅咒。沟端律师,你有没有这样的经历呢?"

沟端律师一时陷入沉默。如此看来，她可能也有这样的经历。

"五百旗头先生，请问您还有时间吗？"

"您要去什么地方吗？"

"既然现在情况变成这样，我想去连司郎的三女儿冈田彩季家看看。"

"啊，您猜她那里也收到了遗嘱吧？"

"与其坐等召唤，不如主动前往，省得浪费时间。"

"好的。"

冈田家和两个姐姐的住处不同，是一间漂亮的公寓。沟端律师路上提前联系过，所以彩季很快就接待了两位客人。

"突然造访，真是不好意思。"

"没关系的，沟端律师。正好我先生也出去工作了。是关于遗产的事吗？"

沟端律师和五百旗头被带到客厅，和彩季面对面坐下。公寓八十平方米左右，四室一厅，足够一对夫妻在此生活，家具也很时尚。至少表面上看比两个姐姐的生活水平高。

"我想直截了当地问一下：您这里有没有收到连司郎先生的遗嘱？"

确实够直截了当的。五百旗头觉得先旁敲侧击一番也无伤大雅，但沟端律师或许天性就喜欢直来直去吧。

听到这个问题，彩季不由得一怔，但马上就明白过来。

"啊，原来是这样。两位姐姐收到了和宣布的遗嘱不同的遗嘱。"

真是机敏啊，五百旗头暗自佩服。

"嗯，差不多吧。"

"您宣布的遗嘱会失效吗？"

"还要等调查过后才能判定。那么，彩季女士您也收到遗嘱了吗？"

"没有。我这里没有收到。"

听到对方一口否定，沟端律师似乎松了一口气。"那我就放心了。如果现在出现第四份遗嘱，事情就无法收拾了。"

光是现状就已经令人焦头烂额了，不过这话还是不说为妙。

"寄到两位姐姐家的遗嘱是什么内容？"

"对不起，这个问题我还不能回答。"

"但我也是继承人啊。"

"目前还不明确三份遗嘱中究竟哪一份有效。"

"也就是说，三份遗嘱的内容都不一样？"

沟端律师露出一副追悔莫及的表情。虽然是她说漏了嘴，但在五百旗头看来，论心思缜密，彩季显然更胜她一筹。

"我不会再打听了。执行遗嘱是您的工作，不是我可以干涉的。"

"您这么说就太好了。"

五百旗头趁两人说话的间隙插话道："冈田女士，我可以问您一件事吗？"

"什么事？"

"我们第一次见面那天，您说'因为我是家里最小的孩子，所以父亲非常疼爱我'，对吧？"

"嗯，确实说过。啊，我明白了。"

彩季似乎是那种悟性极高、一点就透的人。五百旗头还没把话说完，她就已经猜到对方在怀疑什么。

"我的两位姐姐肯定编造了什么不实之词，企图蒙骗您吧？不过，父亲厌恶她们两个，所以她们的话听听就好，不要全部当真。"

"您的意思是，您的两位姐姐所说的都是谎言？"

"与其说是谎言，不如说是臆想。她们是不是说过我和父亲合不来之类的话？当然，我和父亲不像母女之间那样亲密，但即使不用语言表达，我和父亲之间也是相互信任的。我选择的大学和工作，父亲都不赞同，但他依然为我支付了学费。"

彩季露出纯洁的笑容。这是天真烂漫呢，还是家中最小的孩子特有的无忧无虑？答案或许见仁见智。

"总之，我们会加紧调查的。遗嘱的执行还要再等一段时间。"

沟端律师说完这句话，会面便告结束。不过，沟端律师本人似乎陷入了极度的混乱之中，在回程的车上不停抱怨。"一谈到钱的问题，所有人都装出一本正经的样子。"

"那是当然的啦。不管是谁，去借钱的时候，都会穿上自己最好的衣服。"

"三份遗嘱中只有一份有效。笔迹看上去都像是真的，到底应该采信哪一份呢？"

"笔迹像是真的，并不代表遗嘱就是真的。"

"您是说里面有伪造的？"

"咱们在这里瞎猜也没用，干脆去鉴定一下如何？"

"要不要通过绿川先生请警方鉴定一下？"

"说到这个，警方的调查有进展吗？"

"这个嘛，毕竟调查开始还不到一天，绿川先生也没有任何消息。我觉得他靠不住，就自己调查了一下。"

"哦。您究竟调查了什么？"

"是连司郎先生的病情。虽然他在家疗养，但每个月还是要做一次检查。主治医生好像曾经对连司郎发出警告。您也许知道，心绞痛是由于冠状动脉变窄或堵塞导致血液难以流向心脏的疾病，而最近连司郎的冠状动脉迅速变细，存在恶化为心肌梗死的风险。"

"心肌梗死往往会突然发作。"

"是的。所以主治医生建议他早日住院，但连司郎先生坚持在家疗养，坚决拒绝住院。"

"警方当然也掌握了这方面的情况吧。"

"这个嘛，怎么说呢，因为对心肌梗死的风险心知肚明，连司郎先生应该随时都把药带在身边。"

"也许我们可以委托警察以外的人进行鉴定。幸好我认识一个声誉不错的鉴定人。"

"这倒无所谓……不过，五百旗头先生，您觉得这案子有何玄机呢？"

"很简单。"五百旗头若无其事地说，"有一个人在说谎，或者说，有两个人在说谎。"

4

两天后，相关人员再次聚集到诹访连司郎的宅邸。

出现在客厅里的有继承人三姐妹、家政女佣桂幸惠、沟端律师和五百旗头，此外还有一位诹访家的成员第一次见的男子。

首先开口的依然是死者的长女千鹤子。

"沟端律师，今天我们姐妹全都聚在这里，我可以认为是要执行遗嘱了吗？"

"是的。"沟端律师答道，然后扫视了所有人的脸。

"因为遗嘱本身出了问题，所以执行延迟了，对此我深表歉意。今天把大家召集到这里，就是因为这个问题已经厘清了头绪。"

"听说我和姐姐家都收到了新遗嘱。"梨奈向千鹤子使了个眼色说道，"我打电话跟姐姐确认过，好像只有日期是一样的，分配的比例完全不同。"

"也就是说，两份当中有一份是假的，对吧？"千鹤子并没有直接怼妹妹，但语气中仍然充满火药味，"如果咱们要在这儿判定我和梨奈谁对谁错的话，我非常赞成。"

四　正遗产与负遗产

"我也是。"

两人之间剑拔弩张，一触即发。但就在这时，沟端律师插话了："请问两位，遗嘱是通过普通邮件寄来的吧？"

"是的，没错。"

"确实有葛饰邮局的邮戳。"

"这一点我们也确认过了。而且，整篇遗嘱的笔迹和连司郎先生的一模一样，实在不是普通人能够分辨的。"坐在沟端律师旁边的男子说。

沟端律师指了指这名男子。"介绍晚了。这位是氏家鉴定中心的氏家京太郎所长，这次我们就是委托氏家先生鉴定遗嘱真伪的。"

"鄙姓氏家。"

面对鞠躬行礼的氏家，诹访家的成员纷纷投以疑惑的目光。幸好氏家本人对她们的失礼毫不介意。

五百旗头和氏家是在某个现场认识的。五百旗头来做特殊清扫，而氏家来采集现场遗留物。两人的工作有所重叠，一起干活儿时感觉格外合拍。五百旗头从别人那里了解到，氏家鉴定中心的人才和设备说不定比科搜研还优秀。

"沟端律师委托我们鉴定三份遗嘱的真伪，其中沟端律师宣布的称为遗嘱A，送到诹访千鹤子女士家的称为遗嘱B，送到朴山梨奈女士家的称为遗嘱C。"

氏家将三份遗嘱摆在众人面前。

"鉴定的依据是连司郎先生本人亲笔所写的资料，至少要准备三件。如果这些资料包含了鉴定对象中出现的文字，那就比较理想了。幸运的是，连司郎先生与沟端律师签订顾问合同时写下了有关'遗嘱执行'的文字，所以很容易进行比较。"

接下来，氏家展示了三个"遗"字的放大复印件。

"我在鉴定时注意的特征点是起笔部分、收笔部分和转折部分。顿笔部分和扫笔部分很容易表现出个人特征，反过来说也很容易模仿。但起笔部分和收笔部分经常是无意识写成，所以很难模仿。"

看到实例后，大家立刻明白了氏家的说明。虽然放大后的"遗"字非常相似，但起笔部分和收笔部分的形状完全不同。

"当然，不仅是'遗'字，我们还对其他汉字进行了同样的比较。此外还有一点：即使能很好地模仿字体，要模仿笔顺也是很困难的，比如说这个字。"

接下来展示的是"贵金属"的"属"字的特写照片。字被放大到二十厘米见方，而且各个方向都有灯光照射，连墨水的浓淡都可以用肉眼辨认。

"原本'属'是一个笔顺容易弄错的汉字。遗嘱 A 的'属'字，第三画写的是'丿'；而同样的一笔，遗嘱 B 和遗嘱 C 的'属'字是在第一画写的。人上了年纪，笔迹会凌乱，字形也会走样，可笔顺只要固定下来就不会改变。"氏家抬起头说道，"下面我宣布结论：遗嘱 A 是诹访连司郎先生亲笔所写，而遗嘱 B 和遗嘱 C 可能是别人伪造的。"

"胡说！"千鹤子和梨奈同时喊道。但是，她们悲痛的呼叫等于承认了氏家的合理解释。

也许是已经对这种反应习以为常，氏家连眉毛都没动一下。"这只是鉴定，我没有判定真伪，只是指出概率。遗嘱 A 为真的概率无限接近百分之百，而遗嘱 B 和遗嘱 C 只有不到百分之十。"

"正如刚才氏家先生所说，鉴定只涉及概率问题。"接着，沟端律师开口了，"但是，如果问我相信真实概率无限接近百分之百的还是百分之十的，答案自然显而易见。作为诹访先生委托的遗嘱执行人，我只能承认遗嘱 A，也就是最初宣布的遗嘱是连司郎先生亲笔所写。至于遗嘱 B 和遗嘱 C……"沟端律师向千鹤子和梨奈投去冰冷的目光，"遗嘱 B 被改写成千鹤子有过多的继承份额，遗嘱 C 被改写成梨奈有过多的继承份额。"

"你是说我们伪造了遗嘱？"

"你这不是故意找碴儿吗？刚才我说了，邮戳是葛饰邮局的。"

"只要将邮件投进葛饰邮局管辖范围内的邮筒，邮戳自然就是葛饰邮局的了。不过话说回来，谁会想要捏造一份为他人利益服务的遗嘱呢？很遗憾，作为诹访家的顾问律师，我不得不对你们两位产生怀疑。"

"什么意思？"

"我们给你点面子，你反倒来劲了，对吧？"

面对千鹤子和梨奈的抗议，沟端律师毫不畏惧。"如果你们不愿老实配合，那咱们就上法庭怎么样？"

气氛变得火药味十足。至于千鹤子和梨奈的妹妹彩季,则像事不关己似的,冷眼旁观着三人的唇枪舌剑。继续待下去的话,必然会看到更丑陋的场面,所以五百旗头催促氏家和幸惠转移到另一个房间去。

"嗯,接下来的事,就交给沟端律师和三位继承人解决吧。"

五百旗头领着氏家和幸惠进入卧室。由于清扫时已经彻底除臭,还拆走了床,残留在房间里的死亡气味一扫而空。卧室离客厅也很远,沟端律师和姐妹们争吵的声音传不到这里。

"这里已经感觉不出是连司郎先生曾经就寝的地方了。"幸惠感慨万千地说,"我为这个家所做的一切也都烟消云散了。"

"您今后打算怎么办?三千万日元可是一大笔钱,人生规划会为之一变吧。"

"我已经向家政女佣介绍所提出了辞职。"

"果然有新打算了呀。"

"虽然还能继续做家务和看护工作,但我还是想好好休息一下。"

"这样最好。连司郎先生一定也希望您这样,才会写出那样的遗嘱吧。"

"千鹤子和梨奈会怎么样呢?"

"最坏的结果是被排除在继承人之外。民法规定了继承资格排除制度,简言之,就是对那些不是正派继承人、扰乱继承秩序的家伙,从法律上剥夺其继承权的制裁措施。而扰乱继承秩序的行为之一就是'伪造、篡改、销毁或隐匿被继承人订立的关于继承的遗嘱'。"

"如果千鹤子和梨奈被剥夺继承权的话，遗产会怎样处理呢？"

"应该会全部分给剩下的继承人冈田彩季女士吧。是否排除某人的继承资格，是在确认遗产权或继承份额不存在的诉讼程序中进行判定的。但那样做会对千鹤子和梨奈十分不利。彩季女士可能会在诉讼之前通过沟端律师提出和解方案吧。也就是说，千鹤子和梨奈最终只会得到大概几百万日元的和解金。嗯，双方妥协后的结果就是这样。连司郎先生和您一定也是这么预料的吧？"

幸惠脸色陡变。"什么意思？"

"哎呀，我是说，连司郎先生和您已经达成了目的。"

"别开玩笑了。那你说是谁伪造了遗嘱？"

"很难想象连司郎本人会模仿自己的笔迹写下遗嘱。因为毕竟他就是被模仿者本人。所以只能由别人来模仿。既然如此，他便打算请一直待在身边的人代笔，也就是您，幸惠女士。"

"就算我再有修养，听到这话也会生气的。你有证据吗？"

"遗嘱上只有沟端律师、千鹤子和梨奈的指纹，所以没有物证。不过在您动怒之前，能不能先听听氏家所长的话？刚才在客厅他好像有些话还没说完。"

氏家接过话头，开口道："得到沟端律师的许可后，我们调查了连司郎先生的电脑。作为投资家，他广泛收集了初创公司和备受瞩目的新技术的信息。在这些信息中，有一个叫作'My Text in Your Handwriting'（你手写我字）的软件，可以完美模仿人类的笔迹。"

213

随着氏家的解释，幸惠的表情迅速僵硬起来。

"这个软件是由伦敦大学学院的科学家开发的，他们使用了一种算法，可以重现笔压、字间距、笔画排列等元素，从而完美模仿手写笔迹。如果真正投入使用，该软件将制作出比业余人士伪造的赝品更接近真迹的文件。仅凭科搜研的人员和设备，恐怕无法分辨真伪。开发人员似乎正在考虑与企业合作。连司郎先生是不是得知了这一软件，于是想到了伪造遗嘱？也就是说，他想制作一份经过鉴定就能发现笔迹系伪造的遗嘱。"

"做这种无用的事有什么意义？"

"当然是为了陷害千鹤子和梨奈，让她们收到的遗嘱可以被发现是伪造的，从而剥夺她们的继承权。实际上，目前情况就是这样。"五百旗头继续道，"连司郎先生在体检中得知自己病情恶化后，一定做好了迎接死亡的准备吧。连司郎想尽可能将遗产留给彩季一个人。法律规定了遗产的'保留份额'，必须至少分给两个姐姐各六分之一。但是，即使分给她们也是枉然，最后肯定会被她们完全沉迷其中的新兴团体骗得一干二净。就算连司郎先生舐犊情深，也决不允许发生这种事，于是决定剥夺她们的全部继承权。所以他拜托您制作了两份看起来笔迹与真迹一样的遗嘱，但只要认真鉴定，就会发现它们是伪造的。然后，您将这两份遗嘱寄去了两个姐姐家。给您的三千万日元，除了感谢您尽心尽力的照顾，还包括了伪造遗嘱的酬劳，不是吗？"

看来是猜对了，幸惠一句反驳的话都没有。

四 正遗产与负遗产

"虽然进行了解剖,但并未发现可疑的痕迹。我认为,连司郎先生选择了消极自杀。心肌梗死会突然来袭;不想接受续命治疗缠绵病榻,最后还是难逃一死;超过八十岁就可以寿终正寝了——根据你们的话推测连司郎这个人的性格,他有这样的想法也是理所当然。方法很简单,只需将总是触手可及的药稍微放远一点就好了,就算发病时本能地伸手去拿也拿不到。然后瞬间昏迷,停止心跳。人生以这种方式落幕,是他主动选择的结果吧。"

幸惠微微低着头,过了好一阵子,才终于语气沉重地开口道:"连司郎先生虽然疼爱女儿,但他真的很不愿意自己辛勤劳动赚来的钱被冒牌的新兴团体偷走。所以他请求我帮忙。尽管模仿连司郎先生的笔迹非常辛苦,可有他本人从旁示范,我依葫芦画瓢,总算成功伪造出两份遗嘱。"

"谢谢您坦诚相告。"

五百旗头对幸惠笑了笑。他的怀疑终于得到证实,心结就此解开。然而,更重要的是帮助幸惠卸下心中负担,否则一切就没有意义。

"您打算告诉沟端律师或者警察吗?"

"我没那个意思。"五百旗头夸张地举起双手,"氏家所长的工作是鉴定真伪,我的工作则是体察逝者的心意,并据此整理遗物。告发或抓捕是别人的工作。对吧,氏家所长?"

"是的,没错。"

"如果您也想尊重连司郎先生的遗愿的话,守口如瓶就可以了。无论是谁,都不喜欢模仿警察。"

幸惠放心地松了一口气。"我也不想再模仿了。"

"是啊。"

五百旗头和氏家来到门口,送幸惠离开。她数次鞠躬,然后消失在两人的视野之外。

"好了,五百旗头先生,现在只剩下我们两个人了,您是不是还有话要说?"

"所长果然厉害。"

"您的一举一动都暗含深意啊。"

"这顶高帽,我可不想戴。"

"我们已经从家政女佣那里得知了真相,您还有什么疑问吗?"

"与其说是疑问,不如说是推测。所长您也看到了吧?冈田彩季坐在末席,平静地看着两个慌张失措的姐姐。"

"是的。遗产最终全归自己所有,她竟然可以面不改色。"

"我认为她知道自己父亲的整个计划,所以得知两个姐姐收到了另一份遗嘱时,她也不怎么惊慌。她猜到父亲不会给两个姐姐留下一分钱,因此无论何时何地都能镇定自若。"

"听说,她曾告诉五百旗头先生'即使不用语言表达,我和父亲之间也是相互信任的'。"

"真相在竹林中[1],只有当事人自己才知道,我们也无法参透。"

---

[1] "竹林中"(藪の中)出自芥川龙之介的短篇名作《竹林中》,指某一事件,由于当事人说法不一,各执一词,导致事件经过扑朔迷离,真相不明。

"的确。"

"但是,连司郎先生只给千鹤子和梨奈两人寄去了伪造的遗嘱,从这一事实便可窥见连司郎先生的遗愿。对于负责整理遗物的人来说,知道这一点就足够了。所长您觉得呢?"

"我只要完成我承担的工作就足够了。还有很多案件等着我处理呢。"

"有道理。"

两人朝各自的车走去。

读客® 悬疑文库

认准读客读悬疑，本本都是大师级。

专注出版中、英、美、日、意、法等世界各国各流派的顶尖悬疑作品。

为读者精挑细选，只出版两种作品：
经过时间洗礼，经典中的经典；口碑爆表、有望成为经典的当代名作。

跟着读客悬疑文库，在大师级的悬疑作品中，
经历惊险反转的脑力激荡，一窥人性的善恶吧。

扫一扫，立即查看悬疑文库全书目，
收集下一本精彩悬疑！